O Céu não fica aqui...

"Pois bem, se a dor faz o escritor, cá estou eu de novo a treinar-me…"

Em relação a alguém que amei muito

"Se as palavras tivessem sons, o teu nome teria o som duma lágrima a cair… Se o que sinto por ti tivesse cor, teria a cor do céu quando o sol acaba de nascer… Se conseguisses perceber o que por ti sinto, chorarias ao ver o pôr de sol quando ouvisses o meu nome…

Tenho o nome do AMOR e o meu som é o som da SAUDADE..."

*

Escrever um livro exige de ti muita solidão. Passas muito tempo sozinho. São factos. Mas encaremos a verdade. Um escritor trabalha sozinho mas nunca está só, pois os seus livros estão sempre nas mãos de alguém... E funciona um pouco como as pessoas um livro: Quando estás nas mãos de alguém, deixas de ser teu para passares a ser dessa pessoa. Durante um instante... Depois quando sais da mão dessa pessoa, voltas para ti e passas a ser teu de novo, mas deixas nessa pessoa um pouco de ti, e ela guardar-te-á para sempre... Num instante. Num breve mas eterno instante. Esse instante és tu. A história de todos nós. O Amor só nosso...

Escrever é recordar, recordar é viver, viver é muitas vezes, chorar, muitas vezes sofrer, outras tantas cair, e em todas elas saber levantar, seguir em frente, aprender a secar as lágrimas e, finalmente, crescer... Quantas vezes cresci lendo um livro... Quanto a mim assimilo e rejeito o que amo e o que odeio, e o que me resta é o que vos dou... Apenas um pouco de mim...

*

Durante a maior parte do tempo não sei quem sou...

Desde que Mariana partiu, eu já não sou eu; sou apenas metade de

mim... A visão de me ver longe dela, e de não a ter mais ao meu lado

para o resto da minha vida, era simplesmente uma imagem que eu

não conseguia suportar... Consigo senti-la... Não a posso ver, mas

consigo senti-la... Por onde andas, meu anjo?:.. Por que céus voas,

meu amor?... Disseste-me uma vez, numa voz à beira as

lágrimas, "Vai-te embora!"... Naquele momento não percebi, mas já

sabias naquela altura que ias morrer, que já não havia mais nada a fazer, e pensaste que afastando-me, que eu te esqueceria... Com aquela tentativa de afastamento apenas tentavas minimizar a minha dor... Amas-me assim tanto?... Pô, eu te amo assim tanto... Interroguei-me sobre que sentido é que poderia retirar, se é que poderia retirar algum, de todas as coisas que me aconteceram desde que tu partiste... Meu anjo, o meu Céu hoje tem outra cor... Já quiseram pintá-lo doutras cores, mas eu não quis, nem nunca poderia aceitar mudar a cor do meu Céu, pois ninguém tem a tua cor... Só a tua cor no meu Céu faz sentido... Só a tua cor pode colori-lo... Sofro muito desde que partiste... Tens visto a minha dor?...

Subitamente, a temperatura baixou, apareceu uma neblina repentina que lhe invadiu o quarto... Ele apenas olhou, estupefacto, aquela neblina e, no meio dela, viu aparecer a cara de Mariana... Ele nem queria acreditar... Ela tinha vindo ao encontro dele para reconfortá-lo... Tal como apareceu, a imagem subitamente desapareceu... Esvaneceu-se completamente, mas não sem antes aparecer uma última vez, apenas durante uma fracção de segundo, a cara dela, onde se podia perceber pela sua expressão, e pelo olhar dela, o quanto ela estava sofrendo com a tristeza dele... Ele sofria por não saber ultrapassar a dor da perda dela, e ela sentia-se, em parte, culpada por isso... Para ela partir em paz, ele teria de ser feliz... Ele teria de voltar a amar...

Só assim ela poderia partir...

*

Hoje estou assim... Meio melancólico, confuso, sei lá...

Deve ser da lua... Quando ela muda, mudo com ela...

Mexe com as minhas emoções, não consigo simplesmente ser

racional... E hoje acordei assim, meio tolo, a pensar em coisas que

não devia... Coisas que já estavam seladas no baú do meu coração, e

que a minha memória teimou em não as recordar mais... Coisas que

já haviam sido fechadas por mim a 7 chaves no meu coração, e que

havia atirado para bem longe as chaves, para um sítio onde

ninguém as pudesse alcançar... Nem mesmo eu... Principalmente eu... Mas agora parece, por razões que não sei explicar, eu, inconscientemente andava à procura dessas chaves...

Claro que, conscientemente, eu não sabia disso...

Coisas, pessoas, lugares, começaram a aflorar na minha mente, comecei a pensar no que, e em quem, não devia, e, consequentemente, comecei a sentir o que não queria... Nem quero... Depois eu queixo-me. Eu nunca aprendo mesmo... Não vale a pena. Acho que vou mas é dar uma volta...

Afinal eu sei que, quando a lua está assim, eu não consigo adormecer... Quem sabe se depois de uma boa volta, o cansaço vem, e o sono aparece...

*

Hoje sonhei com ela... Ela estava triste... Disse-me algo inicialmente que eu não percebi, mas disse num tom monocórdico e triste. Não consegui ouvir o quê... Só sei que estava triste. Muito mesmo... Estranho... Depois disso não recordo mais nada... Será que ela estava a tentar dizer-me algo?...

Se sim, o quê?... E como vou saber o que ela quer me dizer?...

Como vou saber o que ela me pede?... Será mesmo ela?...

Ou sou eu que ainda me recuso a perdê-la?... Será ainda a minha fase de negação?... Não tem lógica, sei que a perdi para sempre...

Ela morreu, não há nada a fazer... Deus, eu estou enlouquecendo...

Acho que vou à Psicóloga, à curandeira, seja a quem for, isso não é normal... Quanto mais pergunto, menos respostas tenho, e minhas dúvidas aumentam... Diz-me, Senhor, o que faço?... Ninguém lhe dava respostas. Mas o seu coração não o enganava. O Espírito dela andava por ali... Ele conseguia sentir como que uma "presença" ao seu lado... Por vezes, até se assustava... Nessas alturas, observava e escutava...Tentava descontrair-se mas simplesmente, não o conseguia... Estava nervoso, obviamente, mas não eram apenas os nervos, era muito mais do que isso... Era uma inquietude, uma sensação estranha por dentro, como que se algo, ou alguém, o estivesse a chamar... Ele simplesmente não sabia o que era; julgava ser ela, mas não tinha a certeza... Até podia ser cansaço psicológico, talvez até passasse se ele dormisse um pouco mais, e se ele se alimentasse um pouco melhor... Quem sabe?...

Mas sempre que sentia aquela "presença", ele sentia-se vulnerável, como se nada pudesse fazer na "presença dela"... E isso é que o assustava... Daí que ele quisesse tanto descobrir que "presença" era aquela, e o que aquela "presença" poderia querer de si...

E Rafael volta a afundar-se em seus pensamentos...

"Seria mesmo Mariana?... No fundo até gostaria que fosse, pois se ela me procura é porque precisa de algo que só eu a posso dar... Se ela me procura, é porque precisa de mim... Faço qualquer coisa para ajudá-la, para que seu Espírito fique em paz, e possa seguir em frente, mas como posso eu saber o que ela quer, meu Deus?... Senhor, dá-me uma luz"...

Outro sonho... Ela estava com um vestido branco, num jardim e apontava para um banco no meio desse jardim... Nesse banco tinha um envelope. Nesse envelope tinha uma carta...

Abriu a carta e apenas dizia:

Rafael:

Escreve-me, meu amor... Eu responder-te-ei... Amo-te muito... É eterno o que sinto por ti... Um dia voltaremos a estar juntos... Verás... Tens o Céu à tua espera... Estou aqui... Tal como sempre estive... Tal como estarei sempre... Amo-te muito, meu anjo...

Tua...

Mariana

*

Acordei de repente, lavado em suor. Foi tão real que nem queria acreditar que tinha sido um sonho. A sério. Agora eu precisava de respostas, e urgentemente. Mas, mesmo que tudo aquilo tivesse sido real, como lhe entregaria as cartas?. Onde as deixaria para que ela as pudesse ler?... Deus, estarei enlouquecendo?... Tudo isso me assusta um pouco, mas se isso de alguma forma, me põe em contacto com a Mariana, deixa-me vaguear nessa minha doce loucura. Tive de aprender a viver na companhia da sua ausência, agora ensina-me Senhor a lidar com essa sua "presença ausente".

Essa "presença inexistente", mas que, para mim, é tão real.

Sinto-a, embora não a veja... Ela é tão real que quase a consigo tocar... Diz-me, Senhor, o que posso eu fazer para que esse "toque" seja possível?... Se não houver nada que eu possa fazer, tu Deus, será que podes fazer alguma coisa em relação a isso?... Instantaneamente, Rafael apercebeu-se que tinha desafiado Deus e, na mesma altura, arrepende-se... Mas há um ditado chinês que diz que:

"Quando Deus quer castigar o Homem, decide responder às suas orações..."

No caso dele, se Deus o respondesse, não seria um castigo, mas sim uma enorme benção, pois aquele "toque" não só se tornaria possível, como seria algo bem real... Mas quando esse ditado afirma que Deus por vezes castiga o Homem respondendo às suas orações, está-se a referir ao facto do Homem pedir a Deus algo que não está à altura dele, e quando o recebe inesperadamente, como é apanhado de surpresa, muitas vezes não está preparado para receber a benção, assusta-se com o que recebe, e diz a Deus, elevando a sua voz ao Céu:

"Senhor, quem sou eu para que me dês isso?... Não sou merecedor de tal coisa..."

E como a pessoa não soube "tomar posse" da benção que Deus lhe enviou, (como tens a tua Liberdade de Escolha, e escolheste não aceitar a benção, Deus retira-ta...), a benção simplesmente volta à Fonte, saindo das mãos de quem não a soube receber... Nesse caso, o receber duma bênção pode ser um castigo, pois quem a pediu, Deus a deu, e essa pessoa não a soube receber... É claro que, ao não aceitar uma benção de Deus, isso traz consequências... Por exemplo, quando vieres a passar um momento difícil, e doloroso, na tua vida, e pedires a Deus um milagre, ou uma simples graça, ou que Deus te abençoe em alguma área da tua vida, pode ser que Deus te fale ao teu íntimo, e ouças a Sua Voz dizer-te:

"Para quê mandar-te uma Benção?... Para depois a rejeitares?..."

Cuidado com as tuas opções. Seguindo as opções que tomares, e os caminhos que seguires, Deus pode, simplesmente, decidir não te acompanhar... Isso depende, em muito, das escolhas que fizeres e dos caminhos que trilhares... E Deus pode mesmo até te abandonar... E quando Deus deixa um Homem sozinho... Até Jesus se queixou... **Eloi, Eloi, Lama Sabachthâni...** * - (* *Deus Meu, Deus meu, porque me abandonaste?...*). Mas Deus nunca abandona ninguém... Ele, por vezes, apenas Se afasta um pouco de nós, para que nós possamos sentir o que é viver longe Dele...Tudo se torna vazio, escuridão...

Eloi, Eloi, Lama Sabachthâni...

*

Mariana

Não sei se vais ler essa carta... Nem sei como ta vou entregar...

Só sei que a vou escrever porque tu pediste... Mas escrever-te o quê,

meu amor?... Para dizer-te que continuo a amar-te, como sempre te

amei?... Isso já sabes... Que morro cada dia um pouco mais por saber

que te perdi para sempre?... Isso tu vês... Para te dizer que não

consigo ser feliz desde que partiste?... Isso tu sentes... Amor, por

falar em sentir, tu ainda me sentes?... Eu não te consigo ver, meu

Anjo, mas consigo sentir-te...

O Céu não te posso dar e, mesmo que te pudesse dar, não precisarias que eu to desse, pois no Céu já vives...

O que faz um Anjo como tu vir do Céu à minha procura na Terra?...

O que posso eu dar-te aqui na Terra, que no Céu não tem?...

O que te faz voltar, meu Anjo?... Já que não te posso dar o Céu, já que não te posso dar o mundo, dou-te todo o meu coração, mostro-te todo o meu mundo... Se és tu, responde... Se foi real, diz...

Diz que eu não estou a ficar louco... Não o posso contar a ninguém. Chamar-me-iam maluco... Onde andas, meu Anjo?...

Faz-me sentir-te de novo... Faz-me viver outra vez...

Leva-me ao Céu...

O Céu não fica aqui...

Rafael

*

Dobrou a carta, meteu-a num envelope, e deitou-a na almofada ao lado da sua, onde ela costumava deitar a sua cabeça. E a pensar nela, adormeceu... Ele chorou como uma criança ao ver de manhã um envelope azul céu, e que dele exalava um agradável odor a flores... E por fora vinha simplesmente escrito...

Meu Anjo...

*Era assim que ela me chamava... Ela tinha-me respondido... Abri o
envelope o mais rápido que pôde, e confirmei que era mesmo a
caligrafia dela... Como é que era possível eu não sabia, até talvez
nunca viesse a saber, nem sequer compreender, mas que era a letra
dela, ai isso era... Mas o que interessava para ele não era o "como"
mas sim o "quê"... O que dizia a carta...*

Meu Anjo:

*Sentiste-me?... Claro que sim!... Oh, assustaste-te fofinho?...
Desculpa, não era essa a minha intenção... Mas, desculpas à parte,
devo confessar que estou um pouco triste contigo... Prometeste-me
seguir em frente. Depois do luto emocional, eu sei mas, meu anjo, já
passaram mais de 3 anos... Até quando vais sofrer por mim?...
Por nós?... Amor, o "Nós" já não existe. Nem nunca mais poderá
existir... Sabes disso... O "Nós" eternizou-se quando o vivemos, nos*

momentos em que o vívemos, e no momento em que eu partí, e quando tu o guardaste contigo... Guarda-o sempre contigo, mas que isso não te impeça de amar, e de seguir em frente... Se não seguires em frente, como queres crescer?... Se não cresceres, como esperas chegar até mim?... Eu vivo no Céu... O Céu não fica onde estás... Fica cá em cima... E para víres cá cima, tens de aprender a voar...

Se tens medo de crescer, como podes aspirar um dia poderes voar?...

Pensa nisso... Amo-te ainda muito, sabes?...

É eterno o que sinto por ti... E também sabes disso... Mas Ama...

Seja quem for, mas ama... Esse Amor far-te-á chegar até mim...

Um dia percebes... Ama... Pois só o Amor vale a pena...

Pois tudo existe por Amor, veio a existir por Amor, e existirá sempre apenas, e só, por Amor... Pois Deus é Amor, e Ele é tudo o que existe... Vem... O Céu fica aqui... Porque esperas, meu amor?...

Amo-te muito meu Anjo...

Tua

Mariana

*

Rafael pegou na carta e visitou uma *Médium Espírita* à procura de respostas. Esta disse-lhe ser normal o Espírito dela, ao não estar em paz, por ele não ter cumprido algo que lhe prometera antes dela partir, que lhe aparecesse agora a *"exigir"* o cumprimento dessa promessa. Nesse caso, ela só quer que ele seja feliz, voltando a amar de novo, para que ela possa partir em paz... Não era pedir muito, mas para Rafael era pedir o impossível... Mas ela aconselha-o a responder a carta, e continuar a escrevê-la... Ela continuaria a respondê-lo e, numa das suas cartas, haveria de lhe dizer o porquê dessa súbita aproximação dela... Mas alertou-lhe para que ele não duvidasse de que o que lhe estava a acontecer era bem real... Passava-se numa Dimensão diferente, mais subtil, mas que era real, lá isso era... Aliás, o Mundo Espiritual está sempre em contacto connosco. Mas só alguns o conseguem ouvir, outros apenas o conseguem sentir, e há outros ainda que até negam redondamente a sua existência. E a ironia é que os que negam a existência do Mundo Espiritual são os que nunca estiveram em contacto com ele... Se nunca estiveram em contacto com ele, como podem saber que não existe?... E não tendo a certeza se existe ou não, como podem afirmar com tanta "segurança" que o mesmo não possa existir?... Depois estranham que lhes aconteçam certas coisas... O facto é que o Mundo Espiritual existe mesmo, e está aí, pronto a trazer as Mensagens do Céu que Deus tem preparado para cada um de nós. Só não as ouve quem não as quer ouvir... Só não as assimila quem não quer crescer... Só não cresce quem não sonha voar... E quem não aprender a voar, nunca chegará lá... E Rafael queria tanto chegar lá... Mas até aí nada de "anormal"... Ela prendeu a atenção de Rafael foi quando ela lhe disse conhecer um caso semelhante. Uma rapariga que a procurara havia poucos dias afirmou ter tido um sonho, em que ela se via a si própria vestida de branco, e que se encontrava num campo. Num campo cheio de flores... E que, a meio desse campo, e com a cabeça metida entre os joelhos, um homem chorava... Reparou que esse homem tinha uma flor na sua mão, e que à volta dele, e do banco em que ele estava sentado, estava um círculo sem vida, círculo esse em que nenhuma flor nascia, nem uma pequena erva sequer, por mais pequena que fosse. É como se a dor dele, levada pelas lágrimas, caísse na terra, infiltrando-se nela, enterrando nela toda a sua dor e, no meio de toda aquela dor, fosse simplesmente impossível a vida nascer... Como era brutal, e enorme, aquela dor... Ela, no "sonho", percebeu o peso da dor daquele homem... Entrou, sem medo, no "círculo sem vida", sentou-se ao lado dele e, com pena dele, encostou a sua cabeça no seu ombro... Ele não a viu, mas sentiu o calor do seu corpo, por ela se ter encostado a ele... Nessa altura, no "sonho", ele pergunta-lhe:

"Meu anjo, és tu?..."

E ela, apercebendo-se que ele não a consegue ver, e sem saber muito bem o porquê, *(talvez para trazer alguma paz aquele Espírito, para que finalmente ele pudesse partir...)*, ela disse-lhe:

"Sim, meu amor, sou eu..."

Ele, automaticamente, deixou cair uma lágrima, como que se, finalmente, a sua Alma se sentisse leve, e como que seu Espírito pudesse agora chorar de alegria, e seu coração pudesse respirar de alívio... Ao chorar, desmaterializou-se, deixando cair a flor no chão... Esta, ao cair no chão, fez renascer a vida naquela terra onde havia sido negada... E a lágrima que sua Alma deixou cair antes dele partir, regou aquela nova terra, agora com vida e, automaticamente, o *"círculo sem vida"* se encheu de flores... O *"círculo sem vida"* se encheu de flores de todas as cores, passando a haver vida nele outra vez... O Ciclo se fechava, sua Alma se libertava, e ela?... Ela não percebia nada... Veio à minha procura, *sedenta de respostas do tipo...*

"Como interpretar aquele sonho?...", "Quem era aquele homem?... "Sendo tudo aquilo real, como poderia ajudar aquele homem, ou o Espírito dele, a ter paz de novo, de modo que ele pudesse seguir em frente?...", enfim, percebeste, né?...

Veio só uma vez aqui, e nunca mais me apareceu... Agora vens-me tu com essa história... Acho muita coincidência... E como tenho a certeza que o "acaso" e a "coincidência" não existem, só pode haver aí nessa história um dedo de Deus... Acho que deverias conhecer essa rapariga... Pelo que me apercebo, pelo que sinto, e pelo que consigo intuir, vocês cruzaram-se em vidas passadas, e ainda têm ciclos por fechar um com o outro... E daí que nessa vida, aqui, agora, vocês tenham de se conhecer dessa estranha forma assim... Pensa um bocadinho... Como é que um sonho de uma estranha pode ir ao encontro do que te liga a ti e a Mariana?... Como é que o sonho dela vai de encontro à tua realidade?... Achas normal?... Talvez a resposta que precisas esteja na interpretação do sonho dela... Porque não a tentas conhecer?... Com essas palavras, levantei-me, paguei a consulta, e vim-me embora... Cada vez percebia menos, cada vez tinha mais dúvidas e menos respostas... A ser verdade o que aquela *médium* dizia, alguém andava a sonhar com a minha dor... E agora Mariana entra em contacto comigo?...

Hum, isso está cada vez mais estranho...

Mas, pensando bem, até que não era má ideia conhecer essa rapariga... Posso sempre fingir que não sei de nada, aos poucos hei de ir conquistando a amizade dela, e quem sabe se ela, quando se sentir à vontade comigo, desabafa comigo sobre isso?... *Hum*...

Mesmo que isso viesse a acontecer, vai levar muito tempo até ganhar a confiança dela, até ela estar à vontade comigo para desabafar algo tão íntimo... Preciso de respostas, e é já...

Pedi uma orientação à tal *médium*... Liguei-lhe, e disse-me que se eu e ela já nos conhecêssemos doutras vidas que, ao olharmos nos olhos um do outro, sentiríamos uma sensação de *déjà-vu*, e teríamos uma certeza tão forte em como já nos conhecíamos de algum lado, e sentir-nos-íamos, automaticamente, à vontade na companhia um do outro... Devo admitir que fiquei muito mais confiante depois de ouvir isso. Ela fez-me prometer que eu guardava segredo, e que nunca lhe diria que fora ela quem me tinha dado a morada do sítio onde ela trabalhava...E lá fui eu, em direcção ao tal bar, onde *Sofia* trabalhava... Trabalhando num bar não seria difícil iniciar uma conversa com ela. Seria mais difícil fazer com que ela olhasse no fundo dos olhos dele, mas ele faria tudo o que estivesse ao seu alcance para que isso acontecesse. E isso porquê?... Porque, tal como a tal *psíquica*, (*mística*, ou *médium*, ah... sei lá, são tantos os nomes que lhes deitam...) disse:

- Se os olhos são as Janelas da Alma, vocês, ao olharem no fundo dos olhos um do outro, automaticamente, reconhecerão o Espírito um do outro. Por fora, claro que não se "reconhecem", porque, apesar de serem os mesmos dois Espíritos, eles encontram-se agora em corpos diferentes. E, como nunca se "viram", afirmam não se "conhecerem". Se soubessem o quanto estão errados...

Logo, se ela tiver razão, e se a gente já se cruzou noutras vidas, nossos Espíritos se reconhecerão assim que olharmos no fundo dos olhos um do outro... E como vou conseguir que ela me olhe no fundo dos meus olhos?, perguntei à mística... Ela disse-me que eu não me preocupasse com isso, pois se os nossos Espíritos atravessaram várias vidas para resolverem seus assuntos pendentes nessa vida, o destino encarregar-se-ia de encaixar tudo no momento certo... Esse xadrez não é nosso. Esse jogo é de Deus... Limita-te a ser um peão nas mãos Dele, e deixa que seja Ele a jogar a tua vida, e não tu... Verás a diferença... Um dia percebes...

*

O facto é que não percebo nada... Estava eu já me dirigindo ao tal bar, quando perdi a coragem... Voltei para trás... Sentia que traía Mariana, e o Amor que um dia nos uniu, por estar à procura duma estranha, mesmo que essa estranha tivesse respostas, e soluções, para a minha dor... Quem sou eu para te fazer isso?... Mereces que te seja fiel... Já partiste... E não voltas mais, eu sei...E também sei que querias que eu seguisse em frente, mas queres que faça o quê?...

É algo muito maior, e muito mais forte, do que eu... Não consigo te esquecer, pronto. É um facto. E daí?... Sei viver bem com isso...

Que importa aos outros que eu não queira mais ninguém?... O que é que o mundo tem a ver com o meu mundo?... Tal gentinha essa, medíocre mesmo... Até parece que tenho culpa dos preconceitos do mundo... Se o mundo até agora nunca se preocupou com a minha dor, porque se preocupa agora se quero, ou não, sair dela?... Deixa-me mundo vaguear sozinho na minha dor... Antes viver só no *meu mundo* e lidar sozinho com a minha dor, do que andar acompanhado por aí, e levar com as dores do mundo...

Já diz o ditado:

"Antes andar só do que mal acompanhado..."

E, dessa vida, poucas são as pessoas que quero que me façam companhia... Prefiro andar só... No fundo não estou só, pois estou sempre comigo. E quem está em contacto consigo, e com o seu Eu Interior, nunca está, realmente, só... E, realmente, tenho de admitir que o meu Melhor Amigo, sou eu mesmo, pois sempre farei tudo para me safar e nada, nada mesmo, para me *foder*... E só um grande Amigo faria isso por mim... Eu nunca me deixo mal a mim próprio, e sou uma excelente companhia para mim mesmo... Como posso estar só, se tenho toda essa imensidão do Universo dentro de mim

próprio?... O Infinito não está fora de mim... O Infinito sou EU...

Por isso é que não me importo com a pequenez do mundo dos

outros... Repara... São, os outros... Logo não te interessam, nem te

podem interessar para, nada... Não te atrases na tua jornada por

causa dos outros. Ninguém faria isso por ti... São pequenos porque

querem... Não querem crescer... Têm visão, mas não a querem

usar...Têm inteligência, mas uniram-se para a estagnar...

Esses, meus amigos, nunca chegarão lá... O Céu não é para esses...

Eles preferem ficar agarrados à matéria, e à matéria ficarão para

sempre agarrados, mas é exactamente por terem mais amor à

Matéria do que ao Espírito, que a consequência será a sua

desmaterialização total, desde a molecular até à destruição dos

Corpos Subtis. Essas pessoas deixarão simplesmente de existir, como

se nunca tivessem existido, não deixando rasto algum da sua

presença na imensidão da Existência. O Céu é para aqueles que

querem crescer, para aqueles que querem voar, e que querem voar

para poderem achar o Caminho de Regresso a Casa...Todos nós, toda

a Forma de Vida, voltaremos um dia à Fonte que nos criou, ou seja,

a Ele... Não há como não voltar a Ele...Tudo veio Dele, é Dele, e voltará a Ele, sem nunca deixar de ter sido Dele... Um dia percebes...

Eloí, Eloí, Lama Sabachthâni...

*

Troquei a minha ida ao bar por uma ida ao cemitério. É mais justo assim... Em vez de ir ver uma estranha, vou ver-te, meu amor... Há mais de uma semana que não ia lá ao cemitério ver-te, meu amor, mas é que essa cena das cartas está a mexer muito comigo, sabes?...

Às vezes me pergunto se tudo isso não será paranóia minha?... Fui à Psicóloga, para saber se o que se estava a passar comigo era "normal", e ela reencaminhou-me para uma amiga sua que era Psiquiatra. A puta da "dótora" falou comigo só uma vez, durante pouco mais de meia hora, e já me diagnosticou "Esquizofrenia

Paranóide". Mandei-a para o *caralho* com todas as 7 letras, e vim-me embora... Mais tarde, apenas alguns dias depois, vim a descobrir que a Sr^a Dr^a andava a consumir drogas sintéticas. E são esse tipo de Psiquiatras, e Doutores, que depois tomam conta de nós. E que nos receitam medicação debaixo do efeito dessas drogas.

E depois o *"esquizofrénico"* sou eu... Pai, perdoa-lhe, ela não sabe o que diz... E Pai, perdoa o mundo... Ele não sabe o que faz...

Deus meu, Deus meu, porque nos abandonaste?...

*

Olho a tua sepultura... O mármore é frio... E na foto tens um sorriso

triste... Como que se soubesses que eu, ao olhar para ti, choraria...

Como que se tu, com esse teu sorriso triste, me dissesses: **Só voltarei a**

sorrir, quando voltares a ser feliz...

Mas como posso eu ser feliz sem ti, meu amor?...

Achas possível?... Achas normal?...

Quero escrever-te mas não consigo, por isso vim aqui falar contigo...

Se puderes, aparece-me e responde-me...

Recordo-te a cada segundo da minha vida, e se tens andado por perto, tu bem sabes que é verdade o que te digo...

Quero ter a certeza que me procuras, quero ter a certeza que queres algo de mim... Aparece-me... Amavas-me tanto... Não receio a tua presença, nunca me farias mal, eu sei... Dá-me o prazer de uma última conversa contigo... Pede a Deus, negoceia com Ele, desenrasca-te... Faz o que tiveres de fazer mas, se te for possível, vem... Eu, na Terra, fico à tua espera...

E dizendo isso, beijou a foto dela, e abraçou a cruz da sua sepultura. E abraçando a cruz, adormeceu... Por momentos, eram como que se os dois descansassem em paz, para sempre, juntos...

*

Horas mais tarde acordou, levantou-se e partiu...

Com o mesmo vazio de sempre. O vazio que ela deixara quando partiu... O vazio que nada, nem ninguém, poderia preencher...

No fundo sentia-se em paz, mas, ainda assim, havia alguma coisa que o estava a incomodar... Aquela inquietude incessante, e a sensação de vulnerabilidade, continuavam e, mais uma vez, sentiu que era como qualquer coisa, ou alguém, o estivesse a chamar... Qualquer coisa demasiado forte para lhe resistir...

Ultimamente não andava a dormir muito, talvez fosse por isso...

Mas, todavia, havia algo, uma sensação de vulnerabilidade, o que quer que fosse, que não o deixava sossegar... Quanto mais essa

sensação de vulnerabilidade crescia, era como que se qualquer coisa

dentro dele se estivesse a abrir, e uma parte dele, que há muito

tempo andara escondida, se estivesse agora a expôr...

Ele limitava-se a sofrer, e a amá-la, em silêncio... Por outro lado, ele

só pensava no momento em que olharia nos olhos da "tal" rapariga

do sonho, a "tal" que trabalhava no bar, a "tal"...

Mal sabia ele que ela iria transformar-se na "tal"...

Eu sonhei que a vi de vestido branco, e que ela estava num jardim.

Foi na primeira vez que li uma carta dela... Nesse jardim havia um

banco e, provavelmente, se era um jardim, teria flores. Um banco

num jardim com flores, um envelope, ela vestida de branco...

Como é que aquela estranha - a Sofia - teve um sonho com a

Mariana?... Como é possível ela ter sonhado com ela?...

Ou seria eu, o homem sentado a chorar naquele banco, no campo das

flores?... Sendo eu, como pode ser possível se ela nem me conhece?...

Deus, é com cada coisa estranha que me acontece...

E agora, como vou saber o que se passa?...

Aquele homem do sonho não pode ser eu, pois pelo que percebi, quem

estava chorando naquele campo de flores era o Espírito dele, e não eu... No sonho dela ele desmaterializa-se, voltando ao Céu, e eu estou bem vivo... Mas também ele a chorar pode muito bem representar, no sonho dela, um homem com a minha dor, ele a desmaterializar-se, pode significar o fim do problema, a ascensão dele ao Céu, pode significar um novo início, ou seja, paz no coração... Mas tudo isso são especulações... E mesmo que seja verdade, como é que essa estranha foi sonhar com isso?...

Subitamente, vieram-me à cabeça as palavras da *médium*:

"Talvez a resposta que precisas, e procuras, esteja na interpretação do sonho dela... Porque não a tentas conhecer?..."

*

Se calhar até era melhor, mas como vou chegar ao pé dela, e explicar-lhe o que se está a passar comigo?... Como vou dizer-lhe que sei do sonho dela?... Impossível.... Deus, o que faço?...

Acho que está na altura de escrever para Mariana...

Quem sabe do Céu me chega uma ajuda qualquer?...

Será que a tal *médium* tem mesmo razão ao afirmar que já nos conhecemos de vidas passadas?... Será que eu e essa estranha já nos cruzamos mesmo?... Se calhar até já nos cruzamos, e daí que o Subconsciente dela esteja agora a *"descarregar"* essas memórias em forma de sonhos... E também é estranho que o destino a tenha levado à mesma *psíquica* do que eu... É muita coincidência ela ir à mesma *médium* do que eu e, o mais estranho no meio disso tudo, é que com tantas pessoas que essa *médium* recebe, e atende, por dia, e todos os dias, como é que ela se foi lembrar dessa "*tal*" estranha e do sonho dela?... Quer dizer, se calhar não é tão estranho assim...

Se eu estivesse no lugar dela, também não esqueceria um caso desses... Se duas pessoas, que não se conhecessem de lado nenhum, me procurassem, na mesma semana, e me viessem falar do mesmo assunto, com todos os pormenores arrepiantes de coincidência que nós dois temos nos nossos sonhos e visões, aí é que eu não me esqueceria mesmo... Mas é isso que me faz confusão... Como é que essa estranha pode sonhar com a Mariana?... A Mariana apareceu-me em sonho num vestido branco. E no sonho dessa estranha, a mulher de vestido branco é ela. Como pode ser?... Simplesmente não tem lógica nenhuma... A Mariana é a Mariana, e ela é ela...

Não têm nada a ver uma com a outra...

Isso é apenas uma feliz coincidência... E como essa estranha poderia sonhar comigo?... Impossível... Logo o Homem que chora no sonho dela, não sou eu de certeza... É tão ridículo acreditar nisso, tal como seria ridículo acreditar que essa "tal" de Sofia era a minha Mariana... Nem poderia ser... A Mariana já se foi...

E ela está viva, logo essa "estranha" não é, nem nunca poderia ser mesmo, a minha Mariana... E eu estou bem vivo, logo eu nunca poderia ser o Espírito do homem no sonho dela... Definitivamente, tenho de conhecer essa "tal" estranha... Quem sabe se a conhecendo, se começo a perceber alguma coisa?..

*

"As maiores mentiras que contamos, são as contamos a nós próprios"...

Li isso não sei onde... Sei que estou a mentir quando afirmo que quero conhecer a "tal" miúda... Quero é perceber como essa "estranha" entra na minha vida assim... Será mesmo verdade essa cena das vidas passadas?... **Brian Weiss** é o Pai dessa Teoria. Depois de ler os livros dele, nunca mais duvidei disso...

Afinal estamos a falar de **Brian Weiss**. E não de uma pessoa

qualquer... Factos são factos. E a Reencarnação existe. É um facto.

Inegável. Irrefutável mesmo... Mas tudo isso é muito bonito de se

ouvir, até se passar nas nossas vidas algo do tipo: Alguém duma

Vida Passada tua que se volta a cruzar contigo nessa Vida agora,

para resolver algo que entre vocês dois, não ficou resolvido numa

outra Vida qualquer... Isso assusta qualquer um... Só há aqui uma -

(uma?...) - coisa que não percebi... Imaginemos até que a tal mística

tem razão, e essa "tal" de Sofia e eu já nos cruzamos numa outra

Vida qualquer... Vamos mais longe... Vamos imaginar agora que até

fomos muito apaixonados um pelo outro, e vivemos um grande

Amor... Agora deixemos de imaginar, e vamos aos factos...

Se ela cruzou várias Vidas Paralelas para resolver algo inacabado,

ou mal resolvido, entre nós, é suposto eu amá-la de novo?...

Nã... No fucken way... Já nem quero conhecer essa "tal" gaja...

Olhem, e sabem que mais?... Vou mas é escrever para o meu Amor, e

quero mas é que essa gaja se foda...

*

Meu Anjo:

Envio-te saudades da Terra aí para o Céu... Estás feliz aí?... Sei que estás no Céu, mas mesmo estando no Céu, mesmo assim, consegues ser feliz sem mim?... Sabes?... Eu ainda olho as estrelas... Se bem que já não é a mesma coisa olhar para elas... Já não estás aqui...

De que vale a pena contá-las, e pedir-lhes um desejo quando elas passam correndo? - (voando?...)...

Claro que não é a mesma coisa... Não foi só o meu mundo que ficou mais pobre, o mundo inteiro em si ficou bem mais pobre sem a tua presença entre nós... Flor como tu não há...

Os jardins da Terra estão bem menos coloridos sem ti, pois ninguém tem a tua cor... Já te disse isso... E sabes disso...

Mas sabes, agora por falar em flores, lembrei-me do jardim das flores e da "tal" estranha. Achas normal?... Ou será uma mera coincidência?... Sim, há pormenores nessas duas histórias que até arrepiam de tão semelhantes que são mas, no fundo, não têm nada a ver uma com a outra... Quer dizer, não sei... O facto é que já não sei de nada... Explicas-me, meu anjo?...

Ah... E porque não me apareceste, Amor?... Já não sentes a minha falta, é?... Pó, eu morro aos poucos sem ti...

Não foi fácil aprender a viver na companhia da tua ausência, mas muito mais difícil é lidar, e aprender a viver, com essa tua presença ausente... Sinto-te mas não te vejo... Adorava ver-te, meu Anjo...

Sei que estás bem, afinal estás no Céu, mas se eu estivesse em teu lugar, e se pudesse escolher, o Céu esperaria um pouco mais, apenas para poder ficar mais um pouco contigo...

Se estivesses aqui na Terra, o Céu poderia esperar um pouco mais...

Mas estás no Céu, logo muitas vezes desejo apenas morrer, para poder juntar-me a ti aí, meu Anjo... Se pudesse até me matava, (já pensei nisso tanta vez...), mas sei que Deus não perdoa quem se suicida, logo, se o fizesse, nunca mais te encontraria, pois nunca mais teríamos o mesmo destino e, consequentemente, eu nunca mais te veria... E seria assim por toda a Eternidade...

Então aguento-me, embora vá, e esteja, morrendo aos poucos, apenas acalentando, em silêncio, a esperança de partir também o mais breve possível, pois sem ti, tu bem sabes, que não vale a pena viver, meu Anjo... Aparece-me por favor... Diz-me só que estás bem... Mostra-me o que devo fazer...

Diz-me quem é essa Mulher?... E, já agora, Amor, diz-me o que faço para acabar com esse meu sofrer?...

Amo-te muito... É eterno...

É para sempre...

Teu

Ráfa (como me chamavas...)

*

Entretanto Rafael adormeceu. E Mariana aparece-lhe em sonho, e diz-lhe:

Meu Anjo...

Porque te faz tanta confusão amar alguém?... Como podes aspirar a ser feliz assim?... Ela até pode não te dizer nada nessa vida, mas em outras, muitas outras, ela foi um grande Amor teu. Mas nunca

chegaram a casar, e a consumar esse Amor, tendo um filho...

Numa certa vida morreste na Guerra, noutra, foste Pastor

Evangélico, noutra ainda, foste assassinado, e numa outra vida mais

recente, eras um soldado pertencente a uma Força de Elite

Anti-Terrorista...Morreste por teres contraído cancro no

Afeganistão. É aí a entrada, mais recente, dela na tua vida...

Foi na tua vida passada... Mas vocês já se cruzaram em várias

vidas, e irão se cruzar as vezes que forem necessárias até fechar esse

vosso Ciclo... E eu só entro na tua vida nesta vida que agora vives,

logo o que te liga a ela é muito mais profundo do que aquilo que um

dia te ligou e, de certa forma, te uniu a mim...

O nosso Amor é dessa vida... O vosso já vem de muitas vidas atrás...

Daí que o Subconsciente traga recordações similares aos

dois... São duas vidas passadas que se voltam a cruzar...

Numa vida ela chora, noutra, choras tu...

Não achas que está na hora de acabar com todas essas lágrimas e,

finalmente, serem felizes os dois?...

E acabando de dizer isso desmaterializou-se, apenas deixando o eco da sua voz ao dizer-lhe:

Amo-te... Amo-te... Amo-te... Amo-te... A... mo-te... A... mo-te...

Ele acordou, repentinamente, sufocado, e lavado em suor...
Seria verdade o que ela lhe tinha dito?... Seria mesmo assim?...
Definitivamente, ele tinha de conhecer essa "tal" miúda...
Depois de chegar a essa conclusão, e das palavras de Mariana no seu sonho, veio-lhe à mente subitamente as palavras da médium:

"Quem sabe se as respostas que precisas, e que procuras, não estão na interpretação do sonho dela?...

No meio de todo aquele caos, aos poucos, as coisas começavam a fazer sentido...

*

A *"psíquica"* ligou-me. Encontrou algo importante para mim...
A *"tal"* rapariga tinha escrito, em forma de carta, o sonho que
havia tido... E apesar de saber que a ética moral, e profissional,
não lhe permitiam fazer isso, e apesar dela saber que não o
deveria fazer, dadas as circunstâncias, ela decidiu ler a carta
para mim...

Meu Anjo:

Não sei porque ainda te escrevo essas cartas... Sabes?...

Sonhei contigo a noite passada, parecia tudo tão real, tão verdadeiro

que ainda me questionei se foi só mesmo um sonho.

Não sei a razão, mas estavas só e parecias não estar bem...

Não reconhecia o lugar em meu redor, era como um prado vasto até

onde a vista alcançava, coberto por diversas flores. No centro,

estavas tu. Estavas sentado num banco com os cotovelos em cima

dos joelhos, com a cabeça virada para baixo, apoiada nas mãos. Mas

à tua volta, não tinhas uma única flor, com a distância de uns

quatro passos à volta do banco, só havia relva seca, relva a morrer,

que se ia alastrando aos poucos. Eu estava distante, apreciava a

beleza de cada flor, e o encanto da Natureza. Abaixei-me e colhi

uma flor mas, ao levantar os olhos, reparei em ti, sozinho no vazio.

E, mesmo estando longe de ti, vi uma lágrima cair pela tua face e

não aguentei... Comecei a correr pelo prado mesmo descalça, como os

cabelos ao vento, só para chegar a ti... Não sabia o que poderia me

acontecer ao entrar no círculo e, apesar de não ter sido isso o que me

preocupava, abrandei ao chegar perto do local.

Nada mudou após entrar naquele círculo sem vida. A única coisa

que me chamou à atenção, foi a flor na minha mão que ainda estava com vida, e brilhava como se iluminada pelo sol.

Abaixei-me diante de ti, e não te moveste, parecia que não me vias, e continuaste a chorar... Fiz-te uma carícia no rosto, e vi uma lágrima escorrer levemente pela tua face, caindo sobre a flor na minha outra mão. A flor, do nada, murchou, caiu da minha mão para o chão sem brilho, sem vida... Era a tua tristeza que estava a retirar a vida àquele lugar... Ao fazer-te aquela carícia na tua face, levantaste teu rosto, mas teus olhos não pousaram em mim, apenas percorreram o vazio à tua volta. Tu, simplesmente, não me conseguias ver... Levantei-me, sentei-me ao teu lado, e pousei a cabeça no teu ombro. Passou-se muito tempo assim, e acabei sendo derrotada pelo silêncio da tua voz, apesar de saber que sentias que estava ao teu lado, acabei deixando escapar uma lágrima...

Não aguentei mais, presa no vazio, inundada pela tua tristeza, perdida pela ausência do brilho dos teus olhos, que foi roubado pela solidão, agora reflectida no teu olhar pálido e sem vida.

Levantei-me, dei dois passos, e impediste-me de continuar, agarrando-me o pulso. Virei o rosto, puxaste-me para ti e, nesse instante, vi novamente o brilho nos teus olhos, que outrora me encantavam... **"Estás linda"**, proferiste com um sorriso nos lábios...

Com a cabeça pousada sobre o teu peito, envolvemo-nos num abraço eterno, forte e seguro, e pude sentir o calor do teu corpo, que há muito estava ausente. Ergui o rosto, e deparei com o teu olhar preso em mim... Nem me lembro da última vez que mergulhei neste teu olhar ternurento, apaixonado e com vida...

E, nesse momento, os nossos lábios tocaram-se, afundando-se num beijo profundo e sentido, e com tamanho sôfrego, devido à ausência do toque durante o tempo em que eras prisioneiro da tua própria solidão e tristeza. Ao separarmos os nossos corpos, não pude deixar de reparar na flor que pulsava de vida, pousada no banco, a mesma que acolhera a lágrima que deslizou pelo meu rosto, enquanto se encontrava no chão murcha e sem vida...

Ao te aperceberes onde o meu olhar se fixava, dirigiste-te para o banco, e pegaste na flor, resplandeceste de luz, e desapareceste... Evaporaste-te simplesmente... Deixando para trás apenas a flor, que caiu da tua mão, pousando sobre a relva seca. E após ter pousado, algo mágico aconteceu... A relva ficou verde e fresca novamente, e voltaram automaticamente a crescer flores, cobrindo o círculo. Deixei-me cair de joelhos, sentada sobre os meus pés, permitindo que o mar dentro de mim transbordasse para fora.

Mas, de repente, acordei e reparei que não tinha passado apenas de um sonho...

*

Na história deles, ele escreve-lhe uma carta que ela apenas deveria

ler, após espalhar as cinzas dele no *campo das flores...*

Essa foi a carta dele...

Marta:

Meu Anjo, espero que estejas bem... Eu estou...

E sabes porque penso assim... E sabes que quero que também estejas.

Sabes que te amo assim... Também sabes, meu amor, que foi nesse jardim que te pedi em namoro, foi nesse jardim que aceitaste, e que fizemos amor pela primeira vez... Nesse jardim, disseste-me que tinhas sido aceite na Universidade. Nesse jardim comemoramos a tua Licenciatura, e a tua entrada na Escola Primária. Nesse jardim, ouvi centenas de histórias tuas com crianças, nesse jardim imaginei a mãe, e a esposa, que podias ser... Nesse jardim disse-te que tinha sido aceite nos GOE's, e nesse jardim choraste, e oraste, inúmeras vezes, para que eu voltasse são e salvo, para os teus braços. Sempre voltei... O que me dava força, e coragem, nas missões, era a minha esperança de te ver outra vez... Quando me telefonavas, deixavas mensagem no voice mail, e eu ouvia a tua voz, enquanto fazia patrulha em cenários de Guerra... Ouvir a tua voz no meio da Guerra, dava-me Paz... Consegues imaginar só o que a tua voz me trazia?... Tenta imaginar agora a minha voz a ler-te essa carta, e pode ser que a minha voz te traga alguma Paz também... Sempre que estava nas Missões só pensava que tinha de sobreviver para te ver, nem que fosse uma última vez... E lá ia eu sobrevivendo... E sempre te amando... Deus sempre me protegeu... Tu conheces a minha fé. Nem te vou falar dela. No máximo, podes questionar-te como é que um Homem com a minha Fé, pode fazer o que faço.

Sempre lutei pelo Bem, para libertar reféns, prender terroristas e evitar ataques. Sempre defendi causas justas. Sempre fui um Guerreiro do Bem. Sempre... Nunca fiz mal a ninguém... E sabes disso. Conheces-me tão bem... Desde criança que te conheço, Meu Anjo... E, por amor a mim, vais fazer o que te vou pedir... Sabes que toda a minha vida fiz meditação, e, por dezenas de vezes, fiz Projecção Astral... Gostaria que tentasses fazer o mesmo... Eu ajudar-te-ei... Estarei do lado de cá, torcendo por ti, e sempre te orientando, se possível... Tu sabes como fazê-lo. Ensinei-te tanta vez... Rias-te, não me levavas a sério naquelas alturas, e eu dizia-te...

"Amor, guarda esse sorriso para quando chorares..."

Se fosse mau para ti, agora dir-te-ia...

"Lembras-te daquele sorriso que te pedi para guardares?... Ri-te agora..."

Mas sabes que eu não sou assim... Mas também sabes que nada acontece por acaso - ("O acaso e a coincidência não existem. São apenas os pseudónimos que Deus utiliza quando quer ficar incógnito"...) - e se te estava a pedir para que o aprendesses a fazer, é porque eu sabia que um dia irias precisar... Como é que eu sabia, não interessa agora para essa conversa... Quando conseguires sair do teu corpo, e encarar, face a face, o teu Eu Superior, a tua Alma, perceberás tudo o que te estou a dizer agora, e tudo aquilo que eu não te digo agora, é por saber que não irias aguentar saber... Não é que seja algo que te seja impossível de atingir, e contemplar, um dia... Mas digamos que é uma Verdade Enorme para qualquer ser humano aguentar saber... Só em Espírito poderás assimilar as Mensagens que eu, o teu Eu Superior, e Deus, temos para ti... Jesus também irá aparecer-te e falar contigo... Por isso valerá a pena o esforço... Acredita que nem esse esforço que farás é por acaso, Meu Anjo... Um dia percebes... Nesse dia, libertas-te... Nesse dia, voas... Nesse dia, voltas a mim... Vai, Meu Anjo... Faz o que tens a fazer... Tenta até conseguires entrar em contacto com o teu Eu Superior.

Ele ensinar-te-á a vir até mim... Para vires directamente a mim, é muito mais difícil... Se não te consegues encontrar a ti - ao teu Eu Superior - como podes querer me encontrar a mim?... Vá... Treina... Acabarás por entrar em contacto com o teu Eu Superior... Sei que confias em mim, portanto presta agora bem atenção... Deixei uma gravação no teu mp3, com a minha voz, como guia para ajudar-te a aceder ao teu Eu Superior. Lá encontrar-me-ás... Espero que ouvires a minha voz, depois de eu ter partido, não te faça confusão... Afinal, miúda, é bom que te habitues. Eu vou estar sempre por aqui... Vá, agora coragem, Meu Anjo... Espalha as cinzas, deixando o vento as levar... Quando a saudade apertar, e nas tardes em que o vento soprar mais forte, vem ver as flores dançar... Estarei a dançar no meio delas... E dançarei no nosso jardim, até que chegue o dia em que venhas dançar comigo também... E nesse dia dançaremos juntos a música que exprime a felicidade do nosso Amor, até ao fim dos tempos... Até que Deus deixe de existir...

Para sempre...

Teu

Rafael

PS: Já te disse hoje que te amo?... Não?!...

Amo-te muito... É eterno... É para sempre...

*

Ele já não aguentava mais. Ele tinha de a conhecer, e o mais depressa possível... Ele não iria esperar... Iria lá tomar café depois do almoço, e confiaria que o destino haveria de fazer o resto... Depois do almoço, ele foi lá, mas apanhou a maior desilusão da sua vida. Ela tinha-se mudado de cidade, ou melhor, de país...

*Deus, o que é que ele iria fazer agora?... Com muito custo, lá convenceu o ex-patrão dela a dar-lhe uma fotografia, e o email dela, afirmando ser um familiar, e que há muito não se viam... Ele torceu o nariz, fungou um pouco, mas acabou por dar-lhe o email, o número de telemóvel, e uma foto dela... **Sofia Goulart**... Gostei do* nome... E ela?... Ela é linda... Bem, mas eu tinha de cair na real, e aceitar que ela se tinha ido embora... Ela tinha ido para Paris. Eu levei tempo a me decidir, mas agora que estava decidido, eu iria até ao fim. Eu queria, e iria, ter as respostas que precisava...

Adeus Lisboa... Olá Paris...

*

Por vezes pensava que quanto mais eu me cansasse à procura de respostas, menos probabilidades teria de as encontrar...

O Subconsciente, por vezes, gosta de nos pregar partidas, e isso só pode ser ele a brincar comigo... Só pode... Por isso estou disposto a ir até Paris, vou a pé se for preciso, mas eu vou achar as respostas que preciso, vou decifrar esse enigma, e fechar os ciclos que tiver que fechar...

*

Comecei a preparar a minha mochila, mas depois hesitei se deveria ir ou não... Fui falar com o meu melhor amigo, e desabafei com ele... Contei-lhe tudo desde o início, e ele simplesmente me disse:

- Acho que deves ir procurar a mulher dessa fotografia. A tua história com ela ainda mal começou... Ou melhor, a tua história com ela ainda não acabou... Quando a procurares, tenho a certeza que a acabarás por encontrar... Mesmo que não queiras, acabarás por ir à procura dela... Tudo isto obedece a Designio Superior. É o teu *destino...*

- O meu destino?!...

- Exactamente...

- E isso quer dizer o quê?...

- Não sei... Mas saberás quando o encontrares...

*

Tentou imaginar o que iria fazer de seguida. Não alimentava

ilusões de que iria ser fácil... Afinal, não sabia muito. Só disponha de

uma fotografia, e nem o endereço dela tinha... Não sabia o novo

número de telemóvel dela, (em Paris ela teria de usar outro

telemóvel...), não sabia onde ela iria trabalhar, apenas sabia que ela

tinha-se mudado para Paris... Ela seria apenas mais um rosto na

multidão... Em Paris seria quase impossível encontrá-la, mas quem

tem fé, move-se, e age, é assim... Só pensava que agora tinha um

nome, um rosto, e o seu *email*, e que o passo seguinte era encontrá-

la... Para que aquela jornada se tornasse mais interessante, decidiu

fazer a viagem a pé... A primeira paragem seria no Porto, depois a fronteira com a *Espanha*, seguiria a pé por todo o norte de *Espanha* e, ao chegar ao norte de *França*, desceria em direcção a *París*... Só um louco para fazer isso, mas como dos sãos não reza a história, só me resta uma coisa a dizer...

Olá París... Aqui vou eu...

*

Era altura de seguir em frente... Não havia mais nenhum lugar onde ele quisesse estar senão ali mas, apesar de tudo, escolhera o seu caminho, como se estivesse a abandonar, não um lugar, mas um estado de espírito que já não era relevante para a sua nova forma de sentir... Mas, apesar de tudo isso, continuava a sentir-se vulnerável. E, no fundo, sentia medo... Medo do desconhecido, do que poderia vir a acontecer, mas ele tinha muito mais medo de que, se ele não passasse por aquilo, nunca tivesse as respostas que precisava para seguir em frente, e em paz... E paz era tudo o que ele mais precisava naquele momento... Paz era uma coisa que ele já não tinha desde que Mariana havia partido... Ele precisava deixar tudo aquilo para trás...Tinha de começar de novo... Mas, no fundo, ele sabia que ela continuaria nas suas recordações para sempre...

Agora que tinha tomado a decisão de seguir em frente, sentia uma certa paz interior... Era estranho como agora se sentia confortável com tudo aquilo... E lembrou-se duma frase que alguém, disse um dia:

"Partir é enquanto se está bem..."

Nessa altura, Rafael teve a certeza que estava na hora de partir...

*

A morte de Mariana deixara-lhe um vazio que sabia nunca conseguir preencher inteiramente. Na verdade, porém, o tempo, aos poucos, atenuara a sua dor... Logo a seguir à perda, nunca o julgara possível, ma não podia negar que, actualmente, quando pensava nela, pensava principalmente nos dias felizes, e nos momentos únicos, e lindos, que haviam passados juntos... Já não a recordava com dor, apenas com Amor... Finalmente, aos poucos, ele começava a libertar-me... Mesmo quando visitava a sua campa para falar com ela, já não experimentava a agonia provocada pelas primeiras visitas. A partir de certa altura, a tristeza sobrepusera-se à raiva e, com o passar do tempo, a dor amenizou, e a tristeza, aos poucos, se foi, trazendo-lhe uma paz interior inexplicável em relação a ela, e a tudo o que um dia os havia unido... De súbito, ouviu um murmúrio melódico, e grave, mais subtil do que respiração... Era Mariana que lhe dizia...

Eu te amo.... É eterno o que sinto por ti... Obrigada por teres sido o meu Anjo nessa vida... Vá... Sê livre... Vai ser o Anjo no Céu de outro alguém... Passa a ela o que me passaste, dá a ela tudo o que me deste, partilha com ela tudo o que comigo partilhaste, ama-a como me amaste... Sem saberes, (e podes até pensar que não...), darás continuidade ao nosso Amor... Ama...
Pois só o Amor vale a pena...

De súbito o silêncio. A cidade dormia. Eu, simplesmente, não conseguia adormecer...

*

A noite começara a cair. Longe ouvia-se o eco abafado do trovão, e ele notou que as cigarras haviam começado a sua canção, que assinalava o fim do dia... Eu apenas pensava em como gostava que as coisas fossem diferentes... Acabei por preparar a minha mochila, saí de casa sem pensar duas vezes, e comecei por caminhar...

Os meus amigos pensavam que eu tinha perdido o juízo, porém, a cada passada que eu dava na estrada, comecei a sentir-me novamente Eu... Como que se a viagem fosse o remédio de que eu precisava para me curar... Por vezes ainda pensava em Mariana, mas eu sabia serem apenas fragmentos da minha imaginação, e que a imagem dela apenas se me formara no meu Subconsciente... Aos poucos, eu dizia-lhe adeus... Aquilo era o minha mente a despedir-se dela... Simplesmente o meu coração nunca o conseguiria... Guardá-la-ia para sempre num lugarzinho muito especial nessa minha caixinha chamada coração... Ela estava em paz, e queria deixá-la assim... Eu estava em paz. E queria continuar a sentir-me assim... Ah, paz... Finalmente...

*

Rafael já caminhava há já alguns dias. Calculava ter feito mais de 30 kms por dia, embora não registasse especificamente os tempos ou as distâncias. Não era esse o propósito da viagem... Podia pensar que algumas pessoas imaginassem que ele caminhava para esquecer as memórias do mundo que deixara para trás, o que daria uma aura romântica à viagem; outros pensariam que ele caminhava apenas por caminhar, pela viagem em si...Ninguém acertaria...

Gostava de caminhar, e tinha de ir a um lugar... Tão simples quanto isso... Gostava de ir quando lhe apetecesse, com o ritmo que desejava, *para o lugar onde queria estar... O pai de Rafael era um alto Oficial do Exército. Ser criado como filho de militar, preparara-o precocemente para a vida, tendo de mudar-se com tanta frequência, que atenuara-lhe as consequências da solidão, e de andar sempre de casa às costas, e a reiniciar a sua vida em diferentes lugares, fazer novos amigos, chegar e partir, sem nunca se agarrar a nada nem a ninguém... Os amigos vão e vêm, as roupas são emaladas e tiradas das malas, a casa está a ser constantemente expurgada de objectos inúteis, não ficando muitas coisas que nos prendam... Torna-se duro, por vezes, mas faz, e torna, os miúdos mais fortes, de uma maneira que a maioria das pessoas não consegue entender... Ensina-os que, mesmo que deixem algumas pessoas para trás, o lugar delas será, inevitavelmente, ocupados por outras, que qualquer lugar tem algo de bom, ou de mau, para oferecer... Obriga-os a crescer depressa... Eu talvez tenha crescido depressa demais... Obrigou-me a viver depressa... Agora quero parar e não consigo... Apenas a morte de Mariana me abrandou... Mas já passaram mais de 3 anos, hoje sinto-me diferente... Sei o que Mariana queria que eu fizesse, e sei, definitivamente, o que eu irei fazer...*

*

Rafael pega num livro de poesia qualquer, e vai tomar o pequeno-almoço na esplanada de sempre. A tosta mista e o sumo de laranja como sempre... Um café, um cigarro, um poema, uma lágrima.
Como sempre... Desde sempre e para sempre...
Já mais calmo decide escrever em pouco, como que se precisasse exorcizar os fantasmas que ainda o assaltavam...

E hoje, enquanto escrevo desse lado de cá do tempo, apenas recordo.
Recordo tudo o que passamos, as alegrias que juntos tivemos, as

lágrimas que juntos choramos... Tudo o que passamos nos trouxe o

Amor que um dia vivemos e sentimos...

Tudo o que nós passamos, nos transformou no que fomos.

E no que somos... Desse Amor apenas restam as minhas

recordações... O que sou, levaste para o Céu contigo.

O que és, e o que nós fomos, levarei para a Eternidade comigo...

*

Chega um dia em que temos de, simplesmente, acordar...
É um dia "acordei", e apercebi-me de que a nossa história não
passava disso mesmo. Apenas uma história qualquer, igual a tantas
outras. Com um princípio, um meio e um fim. Mas, por vezes, ainda
me recuso a acreditar... Algo, bem lá no fundo de mim, grita para
que eu continue a acreditar nesse Amor e, apesar de saber
racionalmente que é impossível esse retorno, emocionalmente, meu
coração não quer deixar, e espiritualmente, minha alma não
aceita... Mas, sei - tenho a certeza! - que tenho de seguir em
frente...Vou mas é almoçar e dar umas voltas por aí... Tenho Paris à
minha espera, e um amor perdido para encontrar... Olhei a foto

dela, afundei-me em seus olhos, perdi-me em seu sorriso... A sacana da miúda era mesmo linda... Ela é linda... E fui... Fiz o percurso de sempre... Champs de Mars, Champs Elysées, Arco do Triunfo, Parc du Maçon, Parc des Invalides, até para a Rue George Berger fui, para ver se, de repente, a via lá para os lados da Embaixada Portuguesa... Subitamente, tive uma ideia: Peguei na foto dela, e ia perguntando a quem passava se a tinham visto. E passava muita gente, milhares de pessoas, e ninguém a tinha visto... Nunca...

Eu sei que Paris é grande, e que essa busca é como tentar achar uma agulha num palheiro, mas sinto que eu vou conseguir...

Eu vou conseguir achá-la!... Algo me diz que sim, que é minha missão encontrá-la... O porquê não sei...Talvez venha a saber quando encontrá-la... Até lá, não desisto...

Não paro... Apenas procuro...

＊

Mas, enquanto procurava por ela, perdi-me de mim...

Estava perdido de mim mesmo e não sabia... Pensava que andava à procura dela quando, no fundo, eu andava era à procura de mim...

Exausto, voltei para casa... Qual não foi o meu espanto quando, ao verificar as minhas coisas, reparei que tinha perdido a foto...

Não entrei em pânico. Mentalmente procurei a foto.

A última vez que perguntei por Sofia a alguém, e que eu estava com a foto na mão, foi no Parc du Maçon. Provavelmente, foi lá que a perdi... Dirigi-me para lá o mais depressa que pude, e como o trânsito em Paris é caótico, decidi ir a pé mesmo...

Corri o mais depressa que podia... Tinha de encontrá-la de qualquer maneira... Aquela foto era tudo o que eu tinha dela... É como que se, ao perdê-la, eu a perdesse também... É como que uma parte de mim se perdesse também, como que se uma parte de mim tivesse ido com a foto... Em pleno coração de Paris, sentei-me no chão, pus as mãos à cabeça e, já cansado de ser forte, chorei... Chorei tudo o que tinha a chorar... Derramei minhas últimas lágrimas por Mariana, e as primeiras por Sofia...Era muita lágrima junta para um homem só... Eu vivia num mundo de lágrimas, lágrimas essas que formam um enorme oceano, na qual, por vezes, me afogo, por não conseguir, simplesmente, nadar nele... Acontece quando a dor é muito forte, quando deixo que a mágoa seja maior do que eu... Quando deixo... Mas, às vezes, para ser sincero, a maior parte das vezes, não deixo... Sou um Guerreiro... E um Guerreiro continua, seja quais forem as circunstâncias que o rodearem, e o cenário de guerra em que se encontrar... Mas, por vezes, um Guerreiro também chora...

Sabe que as lágrimas apenas carregam, e levam consigo, a sua dor, e por isso, exactamente por isso, não se importa de chorar...

Sabe que ficará muito mais leve, sabe que a dor irá partir, sabe que a sua força vai aumentar... Apenas parou porque, enquanto chorava, descansou, e pensou na próxima estratégia a usar... E depois da última lágrima cair, depois da garra interior aumentar, o plano está traçado, e só lhe resta a vitória... Aí, o Guerreiro sabe que

é só seguir em frente, pois tem a certeza que vai ganhar mais esse

combate... Esse combate parece já perdido por mim, mas, calma,

posso até perder um assalto, o que não significa que eu vá perder o

combate. Não perderei esse, tal como nunca perdi, nem nunca

perderei, nenhum... Sei quem está no meu canto do ringue...

E com Ele no meu canto do ringue não há combate que não vença, e

inimigo que não caia aos meus pés... Nem a Morte pode com Ele...

O Seu Nome?... O Nome do Meu Melhor Amigo?...

Ah... O Seu Nome é Jesus... Já ouviste falar Dele?... Não?!... Um dia

apresento-te a Ele... Só espero que um dia O venhas a conhecer como

eu O conheço, e aí, finalmente, perceberás porque, com Ele no teu

canto do ringue, não há combate que não venças, e inimigo que não

derrotes... E eu sei que o Meu Melhor Amigo está agora no meu

canto do ringue, e que Ele vai me dizer o que devo fazer, e na altura

certa, e só nessa altura, eu darei o K.O. no meu inimigo...

Entretanto, deixo ele se frustrar a si próprio, deixando-lhe pensar

que me pode derrotar e, como sempre, eu venço-lhe no fim...

Ah... Ah... Ah... Coitado... No fundo, tenho pena dele...

O meu inimigo está farto de ir ao tapete, de perder todos os

combates que tem comigo, e ousa-me desafiar de novo?... Ele sabe que vai perder, e isso só revela que ele não tem muito amor-próprio, e também que não é muito inteligente, diga-se de passagem... Por isso, sinto pena dele... Só o facto dele pensar que pode me ganhar, mostra a ignorância dele... Coitado... Triste...

*

Mas o facto é que o seu inimigo estava ganhando esse assalto.

E, para além de ser quase impossível a encontrar em Paris, ficar sem a foto dela tinha sido um golpe imenso... Mas ele haveria de o conseguir... Quanto mais o diabo lhe desse luta, mais lhe mostrava, e lhe provava, que ele estava no caminho certo... E ele sabia estar...

Sentia, pela primeira vez, que começava a compreender a razão que o levara até ali... Resolveu meter um anúncio nos jornais, à procura da foto da "mulher perdida". Distribuiu cartazes, utilizou as redes sociais, enfim, fez tudo o que podia para recuperar a foto dela...

Alguns dias depois alguém encontrou a foto no Parc du Maçon, e ligou-me, encontrámo-nos, e devolveu-ma...

Nem queria acreditar na "sorte" que eu tinha tido...

Dei comigo a pensar se tinha sido mesmo "sorte", ou se seria, mais uma vez, o destino a tocar na minha vida, ou Deus a escrever certo pelas linhas tortas da minha vida outra vez, eu sei lá... Já nem sabia no que acreditar... Mas que tinha sido estranho, lá isso tinha... Liguei ao meu melhor amigo, e contei-lhe tudo o que se tinha passado, e ele apenas disse-me:

"Houve uma razão para que encontrasses a fotografia... Ninguém a reclamou por alguma razão... Pela mesma razão... Essa foto, tal como essa mulher, está destinada só a ti... Até encontrares essa "tal" mulher, essa foto será o teu amuleto... Esse amuleto te levará até aos pés dela... Verás...

*

Os dias passaram, e nem sinal de vida de Sofia. Já pensava, muito sinceramente, em desistir e voltar para Lisboa. Em seguida, voltaria aos Açores. Sentir-me-ia derrotado no regresso, eu sei, mas voltaria com a sensação de ter dado o meu melhor... Estava eu afundado em meus pensamentos quando o meu telefone toca... Era a tal senhora que tinha encontrado a fotografia. Ela disse-me que, por eu me ter dado ao trabalho de pôr o anúncio no jornal por causa da foto, por ter distribuído cartazes, e por já ter andado à procura dela antes de sumir a foto, presumiu que essa pessoa fosse muito importante para mim, e que lhe pareceu reconhecê-la numa loja, em Paris. E, que como a tinha reconhecido, sentia-se agora na obrigação de lhe dizer onde ela estava a trabalhar...

- Onde?...

- Na Croissanterie Beauvoir, na Rue George Berger, perto da Embaixada Portuguesa...

Eu nem queria acreditar... Eu tinha estado lá a tomar café quando fui à procura dela para os lados do Parc du Maçon e da Embaixada... Nessa Croissanterie não perguntei por ela... Hum... Estranho... Se tivesse perguntado, talvez a tivesse encontrado nesse dia... Mas, se calhar, não era o momento certo... Agradeci à senhora, desliguei, e fui a correr à Beauvoir... Chegando lá, passei o lenço na cara para tirar o suor, endireitei o cabelo, respirei fundo e entrei...

Ela era quem estava o balcão... Eu nem queria acreditar...

Eu, literalmente, fiquei sem ar... Ao vê-la, pela primeira vez, meu sangue gelou, e meu coração ia parando.... Vi, numa só mulher, uma imagem estranha, como que se todas as mulheres do meu passado, e todas as mulheres do meu futuro, projectassem as suas sombras no presente, e se tornassem numa só mulher...

Finalmente, eu vi a cara de Sofia... Era ela... Era mesmo ela...

Ali, mesmo à minha frente... Ela era o modelo de elegância francesa, com a sua tão famosa postura sedutoramente distante, glacialmente atraente, e insinuantemente inacessível...

A mulher era uma deusa... Estava perdida e foi reencontrada...

Ele olhou-a no fundo dos seus olhos... E apenas sorriu...

Finalmente os olhos de ambos encontraram-se...

Foi uma das poucas situações da sua vida, em que ela se sentiu incapaz de pronunciar palavras... Não tinha muito a ver com a maneira como ele a olhava mas, e por mais maluca que a ideia parecesse, ele olhava-a como se a tivesse reconhecido...

Mas ela nunca o vira. Tinha a certeza!...

Mas então, sendo assim, porque o olhar dele a tinha incomodado tanto?... Ele pediu um café, pagou e sentou-se... Entretanto pediu um *croissant misto e uma meia de leite. Ela admirou-se ele falar português. Perguntou-lhe donde era. Dos Açores, respondeu...*

- Dizem que é lindo. Nunca fui lá...

- Devia ir... Ia amar... Aquelas ilhas são mágicas... E não digo isso por ser açoriano, ma sim por ser verdade...

Ela sorriu, virou-lhe as costas, e dirigiu-se ao bar para continuar o seu trabalho. Antes de sair, ele deixou-lhe um bilhete em cima da mesa. Apenas dizia:

Fui eu que lhe mandei o email... Sei que tudo isso é muito estranho, e que nada parece fazer sentido, mas acredite-me que, se vim de tão longe, é porque é deveras importante para mim, resolver isso...
Por favor, mande-me um email, caso ache que o deva fazer, e marque encontro. Adorava falar-lhe dos seus sonhos, e dos meus...
Gostava que me ajudasse a perceber como esses sonhos, de duas pessoas que nem se conhecem, podem se cruzar...

Beijo...

Rafael

PS: *Estava escrito que te ia encontrar...*

*

Algo estava a acontecer entre eles, e ele tinha consciência disso...

Apesar de o negar, no fundo, ele sentia-se atraído por ela...

De repente, deu consigo a pensar em tudo o que se havia passado

desde que ele chegara a Paris... Durante semanas, pensei que não

iria encontrá-la, mas acabou por acontecer... Rafael sentiu, num

breve instante, o esvaziamento de si próprio, a fuga das razões em

que ordenasse o seu todo... E, durante, alguns segundos, nada disse...

Ele havia bloqueado, não conseguindo articular os seus pensamentos,

quanto mais as suas palavras... Mas ele, finalmente a havia

encontrado... Rafael ficou sereno... E sorriu... Sorriu de ternura

para a sua própria serenidade... Pensou onde estaria ela naquele preciso momento, no que estaria a fazer, a pensar, e a sentir... Teria visto o bilhete?... Claro que sim. Era impossível não o ver... Será que ela o leu?... Era impossível o saber... E pensou de si para si... Li não sei aonde que:

"Por vezes as coisas acontecem exactamente como deve ser...".

Isso faz-me pensar que essa história tem um dedo de Deus...

Hum... Isso explicaria muita coisa... Como recuperei a foto?...

Como aquela mulher se lembrou do meu número de novo?...

Porque me ligou?... Podia não ligar... E só o simples facto de ter encontrado Sofia em apenas algumas semanas numa cidade gigantesca como Paris, isso vem-me dizer muita coisa...

Por isso, por vezes, sinto que não tenho de me preocupar com nada...

Tudo acontecerá quando tiver de acontecer, na hora certa, e no momento certo... Eu sei... Verás...

*

Naquela noite passou muito tempo às voltas na cama, incapaz de dormir, a tentar imaginar que apenas, apenas talvez, ela estivesse a pensar nele... E, pensando nisso, adormeceu... Há quem diga que, enquanto dormimos, Deus continua a escrever a nossa história... Enquanto Rafael dormia, Deus escrevia a página seguinte da história da vida dele... Algo estava prestes a mudar...

Muitos ciclos, de várias vidas, iriam agora se fechar, iria dar-se o reencontro de duas Almas que se perseguiam há dezenas de vidas, iria renascer, de novo, um grande Amor... Estaria Rafael preparado para isso?... Por isso, Deus fez-lhe dormir... Ele precisava recarregar baterias, pois os dias que se avizinhavam revelar-se-iam muito fortes a nível emocional, e psicológico, para ele... Mas Deus estaria sempre por perto para o ajudar...

Dorme Rafael.... Dorme, Meu Anjo... Amanhã conversamos...

*

Logo pela manhã Rafael saltou da cama e, quase como que se pressentisse algo, foi a correr ao computador. E tinha, realmente, recebido um email dela...

Olá Rafael...

Ainda bem que me contactaste... Sim, tenho tido esse tipo de sonhos, como sabes disso não sei, e talvez até nunca venha a saber, mas isso agora não é o mais importante. O mais importante agora é sabermos

como podemos ter a certeza de que nossas vidas já se cruzaram...
Vem... Se há algo a fechar, será fechado... Se há algo por resolver,
será resolvido... Não quero sofrer mais.... Vem... Vem, mas vem sem
querer, nem esperar, nada... E, quem sabe, te darei tudo o que não
esperas?... E se não te der nada, não te desiludes, pois, no fundo, não
estavas à espera de nada...
Faz como eu... Deixa fluir...

Beijo

Sofia

PS: Das 15h às 16h, estou livre. É a minha hora de almoço. Aparece
lá na **Beauvoir** hoje se puderes...

Ele nem queria acreditar... Ela tinha lido o bilhete, e agora pedia-lhe
para se encontrarem... Ele leu outra vez para acreditar que tinha
lido bem...

Se há algo a fechar, será fechado... Se há algo a resolver, será resolvido...

Deus, onde aquilo iria parar?... Ou não iria, simplesmente, parar?... Bem, eu tenho de me despachar, afinal tenho uma princesa à minha espera, e esse sapinho aqui precisa - tem mesmo! - de se despachar...

*

Rafael tomou o pequeno-almoço, tomou duche rápido, vestiu-se, e saiu... Passou pelo *Champs de Mars,* fumou um *charro* olhando a *Torre Eiffel,* e só pensava na conversa que iria ter com Sofia...

Ele já havia lhe dito tudo o que havia para dizer sobre aquilo, no *email* que lhe mandara, os sonhos que tinha com a namorada já falecida, as coisas que ela lhe dizia, as conversas que tinha tido com a *médium,* o que esta pensava sobre eles os dois, disse-lhe também que tinha sido a *médium* que lhe tinha falado dela, e que ela é que lhe tinha aconselhado a procurá-la, para poder desbloquear os carmas que pudessem ter ainda por desbloquear.

E Rafael pensou de si para si...

No fundo, ela sabia o que eu queria. Não havia mais nada a dizer...
Pelo menos, da minha parte não... Estava era ansioso por saber o
que ela tinha para me dizer...

Rafael levantou-se, saiu do *Champs de Mars*, e foi ao *Champs
Elysées*. Visitou algumas lojas, viu artistas de rua, viu o *Notre-
Dame*, enfim, encheu a sua alma, afinal estava em *Paris...*

Finalmente a hora chegava, e Rafael começava a sentir *borboletas
no estômago...* Parecia ter voltado à adolescência outra vez, mas, no
fundo, ele estava feliz por saber que a sua aventura à procura dela,
não tinha sido em vão. E só por aí, já tinha valido a pena tudo o que
tinha passado desde que saíra dos *Açores* até encontrá-la em *Paris...*

E, mesmo que aquela conversa não desse em nada, e mesmo até que
não rolasse nada entre eles, no fundo, ele só queria as respostas que
precisava, e não estava à espera que rolasse alguma coisa entre eles,
logo, era impossível se desiludir... No fundo, não tinha nada a
perder... E, pensando assim, sentiu-se mais confiante, e dirigiu-se

para a Rue George Berger. Sofia já devia estar na Beauvoir à sua espera... Estava na hora da verdade...

*

Ela ouviu tudo o que eu tinha a dizer em silêncio. Finalmente disse-me:

- Achaste a fotografia e inventaste uma qualquer fantasia distorcida, em que achavas poder desempenhar o papel principal... Estás a mentir-me desde o momento em que te sentaste. E agora queres me convencer que és o Homem ideal, e perfeito, para mim?... E pensavas que, por estares obcecado por mim, podias enganar-me, e levares-me a apaixonar por ti?... Planeaste tudo desde o primeiro momento. Isso é doentio... Foi um enorme erro termos tido essa conversa. Nem quero acreditar como eu - logo eu - fui acreditar, e cair, nisso... A única coisa que não sei é como sabes dos sonhos mas, de resto, nada do que dizes, ou em ti, é real...

- Admito que queria encontrar-te, mas estás enganada quanto ao motivo. Não vim até cá para te enganar, ou para te levar a apaixonares-te por mim... Sei que soa a loucura, mas algo naquela fotografia me chamava, ou seja, tu... Tenta compreender...

- Por que motivo deveria tentar compreender?... Andas a mentir-me desde o início...

- Não te usei... E não te menti acerca da fotografia. Não te falei dela no início, por não saber o que havia de te dizer, sem te levar a me considerares maluco... Se estivesses no meu lugar, dirias?... O que farias?... Tenta ver as coisas nessa perspectiva, e verás que a resposta não é tão fácil de achar, como julgas ser... Mas, sendo assim, se não acreditas em mim, não estou aqui a fazer nada... O meu lugar não é aqui... Mas também é um facto que não confias em mim, e acredita, muito sinceramente, que te compreendo.

É natural que não acredites no que te digo, afinal nem me conheces de lado nenhum... Juro pela minha vida que não vim aqui para me apaixonar por ti, ou para tentar que te apaixonasses por mim. Mas aconteceu, porra?... Pronto, já disse...O que queres que faça?... Que te negue meus sentimentos?... Mesmo que tos pudesse negar, a mim, é-me impossível negá-los... Eu os sinto, logo são reais... E a realidade, a porra da verdade, é que, em toda essa busca, durante todo esse tempo que andei à tua procura, perdi-me de mim... E agora achei-me em ti... Nesse processo todo, apaixonei-me por ti... Por ser impossível essa paixão, a coisa piorou para o meu lado, e agora te amo... E agora, simplesmente, não sei o que fazer... Por isso vim a Paris à procura da resposta... Por isso vim à tua procura... Ando, desde que cheguei, perdido à procura de ti... Acreditas?... A porra da verdade é que te amo mesmo.

E muito... Que queres que faça?... Que esconda isso, quando o que me apetece é gritar ao mundo o quanto te amo?....

E, no entanto, tenho de te amar em silêncio... Tens noção de como me sinto?... Quem és tu para me julgares?... Quem me julga condena-se a si próprio... Quem me julga, faz de mim um espelho, e vê *reflectida a sua própria dor e fracasso. E julga julgar-me a mim, quando, no fundo, aponta o dedo a si próprio...*

*

No fundo, ele queria purgar-se do que não lhe tinha dito...
Na verdade, ele não lhe mentiu. Ele apenas omitiu o facto de ter
sido a médium que lhe tinha dado a fotografia e, ao invés disso, disse
que a achou. Para não deixar a médium ficar mal, ele agora estava
a ficar mal... E agora apenas se perguntava porque não lhe tinha
dito a verdade sobre a fotografia desde o princípio. O melhor mesmo
seria ele dizer-lhe toda a verdade, e levá-la à médium, para que esta
lhe pudesse explicar tudo o que lhe estava a acontecer, não só a ela,
mas aos dois... Rafael, no fundo, não sabia as verdadeiras razões

porque tinha vindo, mesmo quando tentava expressá-las por palavras. Compreendia os motivos que a levavam a interpretar os actos dele como os de um louco. E era evidente que estava obcecado por ela, mas não da maneira como ela imaginava. Devia ter-lhe contado a história da fotografia logo no início, e agora lutava para encontrar as razões que o levavam a não lhe contar...

- Tu não ias compreender...

- Põe-me à prova...

Olharam um para o outro em silêncio.... E deixaram o silêncio instalar-se... Ficaram ambos em silêncio, como se cada um deles, precisasse de um momento para se acalmar... E para pensar... Era muita coisa a acontecer, e estava tudo a acontecer tão rápido... Agora ela afastar-se-ia dele, e não a podia recriminar... Mas, para sua surpresa, ela puxou-o para perto de si, e limitou-se a abraçá-lo... Ah, como soube bem aquele abraço... E beijaram-se...

O tempo parou, o mundo deixou de rodar, as estrelas caíram mais *longe no céu, os anjos se envergonharam, e Deus sorriu...*

Eu apenas sorri com meus lábios, chorei com meus olhos, e em minha alma gemi...

*

Havia qualquer coisa nela que lhe fez compreender Rafael.

E amou-a por tê-lo compreendido... Deixaram-se levar e, nessa noite, fizeram amor... Foi com Sofia que ele partilhou a sua cama, o seu coração e a sua alma, nessa noite... E não com Mariana... Mariana começava a ser um sonho desfeito. Sofia, uma paixão arrebatadora inesperada... Seria ela a "tal"?...

*

Sofia reparou que parte da dor apagou-se do meu rosto, mas não toda... Fitou-me nos olhos, e deixei que ela procurasse a verdade em mim... Lentamente, o meu rosto foi relaxando, e o resto da dor desapareceu-me dos olhos... E voltei a beijá-la...

*

Depois de beijá-la, disse-lhe que desabafara com o meu melhor amigo, tudo o que me ia no coração desde que aquela fotografia me tinha vindo parar às mãos...

- Esse meu amigo, à beira da morte, no último dia que passamos juntos, disse-me que eu saberia qual era o meu destino quando o encontrasse... Hoje sei que o meu destino és tu!... Não há nada a fazer, não há volta a dar... A única coisa que me resta fazer é simplesmente, amar-te...

O silêncio envolveu-lhes, criando um ambiente mágico à volta deles, como se estivessem perdidos num mundo que parecia criado somente para eles os dois... Havia imensas coisas que lhe queria dizer mas, de momento, o silêncio parecia mais confortável para ambos... Um deles disse baixinho...

- Quase que te amo...

A seguir houve um longo silêncio que nenhum deles parecia querer interromper...

*

No dia seguinte, ela ligou-me...

- Bom dia amor...

- Bom dia meu anjo...

- Foi linda a noite de ontem... E agora, como ficamos?...

- Deixa o tempo falar por nós... O que for para nós ninguém tira...

Sofia ficou radiante ao ouvir a palavra "nós". Lentamente, e aos poucos, ele já começava a inclui-la na sua vida...

- Amo-te muito...

- E eu também...

- Se for a tua casa, és capaz de me dizer isso na cara?...

- Aparece e vês o que te acontece...

- Até já...

E desliga... Minutos depois estava ele a bater à porta dela.

Ela abre, recebe-o em lingerie, e beija-o... Beija-o como nunca beijou ninguém... Rafael sente-o, e tem medo de vir a amá-la como nunca amou ninguém... E deixa cair uma lágrima...

Ela enxugou-lhe a lágrima e disse-lhe:

- Há um amigo meu que é escritor, que um dia escreveu num livro seu, o que agora te vou dizer..."

"Se filtrares a mágoa que há em ti, e deixares entrar, em teu coração, o brilho da lua, nesse dia, irás derramar a última lágrima do princípio da tua felicidade... Nesse dia estarei lá à tua espera..."

- Lindo...

E voltou a chorar outra vez... E ela voltou a beijá-lo outra vez... E fizeram amor durante horas, mas Rafael prefere ir para casa. O porquê não interessa... Talvez ainda não estivesse preparado para passar uma noite com outra mulher; uma coisa é fazer amor com outra mulher, outra seria passar a noite com ela... Isso seria comprometer-se com ela, e ele nem sequer sabia se estava preparado... Abraçaram-se e Rafael parte. E vai para casa... O amanhã ainda ia longe, e a noite ainda poderia ter algo a dizer...

Se sonhasse, pode até ser que esse sonho lhe trouxesse mais algumas respostas... We never know * - (* nós nunca sabemos...)

*

Sofia apercebeu-se que gostava da maneira que ele a fazia sentir-se...

Agradava-lhe que ele a achasse atraente, mas o que mais apreciava

na atracção sentida por ele, é que não possuía quer a ansiedade,

quer aquele desejo crú que, muitas vezes, detectava nos homens que

a olhavam... Em vez disso, ele parecia feliz só por estar junto dela e,

por qualquer motivo, era exactamente isso de que ela precisava...

Uma coisa aprendera acerca dos homens: eles gostam de falar de si

próprios, dos seus empregos, dos seus passatempos, dos seus feitos

passados, das suas conquistas, etc...

Ele não falava de nada disso... Incompreensível... Se ele não se

gabava, é porque não se queria mostrar... O que poderia ele andar a

esconder de mim?... Havia qualquer coisa na voz dele, algo que

ultrapassava a minha compreensão, uma espécie de tristeza que não

fazia sentido... Ela marca encontro com ele, e diz-lhe:

- O meu problema é este: Tenho a sensação de que falas a verdade,

mas que não me dizes toda a verdade. E a parte que manténs

escondida é a que, provavelmente, me ajudaria a perceber quem tu

és, e o que, no fundo, realmente queres de mim...

Ao ouvi-la tentava não pensar nas coisas que não lhe contara.

E sabia que não lhe podia contar tudo. Não haveria maneira de a

fazer compreender mas, no fundo, ele queria que ela soubesse toda a verdade... Mais do que tudo, ele queria acabar com tudo aquilo. Dizer-lhe toda a verdade e, finalmente, ser aceite por ela, tal como ele era... Para, quem sabe, poderem viver, finalmente, o amor deles em paz... E finalmente confessou-lhe que não achou a fotografia, mas que a "tal" médium é que lhe tinha dado a fotografia, dizendo-lhe que a devia procurar...

- Ela afirmava achar que somos duas Almas, que se procuram há várias vidas, para fecharmos Ciclos juntos, que há muito já deveriam ter sido fechados... É tudo o que sei...

Ela ouviu-me em silêncio, e até aceitou que fosse verdade, tudo aquilo que eu lhe dizia. Ela própria havido procurado a "tal" médium, e até é bem provável que eles tivessem falado no assunto, e cruzado informações... Ele até podia ter curiosidade em a conhecer, mas daí a procurá-la?... Persegui-la?... Era aí que terminava para ela a vontade de compreender...

- *Amas a Mariana ou amas-me a mim?... Amas-me e tens medo de*
assumir a relação?... Cá para mim, não sabes o que queres, ou então,
tens medo de te comprometeres...

Olhei fundo nos olhos dela duramente 3 segundos em silêncio...
Ela percebeu o meu olhar... Eu apenas lhe disse:

- *Sei o que quero e o que não quero... Quero ser feliz. Não quero mais*
voltar a sofrer. Porque achas que vivo sozinho?... Falta de opção?...
Por não ter ninguém que me queira?... Ou, simplesmente, por eu não
querer ninguém?... E, se eu não quero ninguém, porquê?... Quem, ou o
quê, me magoou assim tanto ao ponto de eu chegar a esse abismo
emocional?... Namorada minha preocupava-se era com isso... Como
posso amar-te se nem te conheço?... O que queres que pense de ti, se
te atiraste em meus braços, logo na primeira noite em que me
conheceste?... Fofa, para quem quer ser minha namorada, e
companheira a tempo inteiro, começaste bem mal... És um puzzle
que apenas tento montar na esperança de um dia te poder

compreender... E cada atitude que tens, só me mostra mais uma peça desse grande puzzle que és tu... E começo a perceber o que queres... Mas não é isso que eu quero. Pelo menos, não de ti. Não contigo... Para isso acontecer, eu teria de te amar, e não consigo...

-Não me amas?!.. Mas disseste...

- Sei o que te disse, mas também sei o que por ti sinto, e tudo o que me fazes sentir quando me recordo do que me fizeste... Há coisas que simplesmente não têm perdão... E tu bem sabes ao que eu me refiro...

Desatou a chorar, virou as costas, e desatou a correr. Simplesmente desapareceu da linha do meu horizonte...

*

A proximidade gera familiaridade, e esta, por sua vez, gera confiança. Além disso, sempre que a via, recordava-se que ela era a razão da sua vinda ali. Para lá desse ponto, as razões para ele estar ali, tornavam-se um tanto vagas, mesmo para ele. Sim, tinha vindo, mas porquê?... O que pretendia dela?... Em que tudo aquilo poderia resultar?... Sempre que reflectira sobre a questão, presumiu que descobriria as razões quando encontrasse a mulher da fotografia. Porém, agora que a encontrara, não se achava agora mais perto da verdade do que quando partira. Antes pelo contrário, tinha voltado à estaca zero... Sinceramente, ele não sabia o que fazer...

*

A dificuldade dela era exactamente essa... Não fazia ideia do que ele queria dela. Sabia que ele a considerava atraente, e que parecia apreciar a companhia dela mas, para além disso, não fazia a mais pequena ideia de quais poderiam ser as intenções dele. Ele sempre parecera um homem no controle das suas emoções, mas no instante em que ele desabafou com ela, ela descobrira-lhe um pedaço de Alma, que fica um pouco mais além da Emoção, e que só se revela por Amor... Nunca Rafael se abrira tanto assim... Sofia percebia agora como lhe fazia falta pôr tudo cá para fora. Ele mostrava no seu rosto uma tristeza infinita, uma vida inteira de esperança a terminar numa humilhação. Ele havia, simplesmente, desistido do

Amor, e de si... Conseguia imaginar, vagamente, o seu desespero e a sua extrema solidão... Coitado, agora ela percebia o quanto ele estava sofrendo desde que Mariana partira. Só agora ela percebia o tamanho de sua dor... E ele, apesar de toda a sua dor, ainda lhe quis dar uma oportunidade dela ser feliz no Amor e, mesmo assim, ela não soube aproveitar... Só agora ela percebe o quão especial ele é, e o quão parva ela foi... E vai a correr ao encontro dele... Mas Rafael já se tinha decidido ir embora... Uma coisa fora caminhar até ali, era diferente ir-se embora... Saíra da sua cidade mais só do que alguma vez se sentira, e naquele lugar, a sua vida parecia mais cheia, completa... Rafael passara a maior parte do dia a reflectir sobre o que acontecera. Ou como o que acontecera poderia ter sido evitado: era um jogo de tontos. Tinha estragado tudo, tão simples quanto isso. E o que está feito, está feito. O passado não pode ser refeito. Sempre tentara viver a sua vida sem fazer coisas que tivesse de as fazer de novo mas, dessa vez, era diferente. Não tinha a certeza de conseguir esquecê-la... Ao mesmo tempo, não conseguia afastar a sensação de que não estava tudo terminado, de que algo ficara por acabar...

Só faltava a conclusão... Não, era mais do que isso...

A sua experiência ensinara-lhe a confiar nos seus instintos, mesmo

que nunca chegasse a saber de onde eles vinham... Ela não o
encontra e, pressentindo que ele já se foi embora, liga-lhe, e ele diz
que já está no aeroporto. Ela pede-lhe que espere... Que ainda há
tanto a dizer... E muito mais a ser feito... E ele decide esperar... Já
no aeroporto...

- Depois disto, é como te contei... Sentia-me confuso, por isso parti...
Sim, fui à tua procura, não porque me sentisse obcecado por ti, não
porque te amasse, ou porque desejasse que me amasses...

Também fi-lo porque meu melhor amigo antes de morrer, ter
afirmado que esse era o meu destino:.. Encontrar-te...

Entretanto ele morreu, e eu comecei a ver o fantasma dele desde
então. Ele apenas me diz... **Procura-a**... **Procura-a**...

Sinceramente, eu não sabia o que esperar quando chegasse aqui...
Achas que foi fácil encontrar-te?... Achas que me meti nessa
aventura de vir dos Açores até Paris à tua procura, de ânimo
leve?.... Sei que não pensei em todos os prós e todos os contras.

Também sei que deixei a emoção falar mais alto do que a razão, e
talvez até tenha sido uma atitude imatura, e impensada, da minha

parte, mas o que sei é que tinha mesmo de o fazer...

Não descansaria enquanto, e se, não o fizesse... E então, sem que eu me apercebesse, em qualquer ponto do percurso, tornou-se para mim um desafio: Na hipótese de te encontrar, quanto tempo levaria?... E o que te diria quanto te encontrasse?... Isso?... Isso eu ia pensando pelo caminho... Entretanto, conheci-te... E quanto melhor te conhecia, mais genuíno eu me sentia... Mais vivo e mais feliz do que eu me sentia desde há muito, muito tempo... Como eu e tu merecíamos ser...

Como sempre o merecemos... Mas que nunca o fomos...

Porque não dás uma hipótese ao Amor?... Se não o fizeres, não é o Amor que te vira as costas, mas sim tu a ti mesma... Tal como não é a felicidade que se te nega, mas sim tu que não és capaz de a abraçar... Porquê, meu anjo, porquê?...

Ela não disse nada... Simplesmente beijou-o, e abraçou-o o mais forte que podia. Pegou numa das malas dele, e ele pegou na sua outra mala, e sem que dissessem nada um ao outro, eles sabiam o que tinham a fazer... Apanhar um táxi e ir para a casa dela. Amanhã havia de se ver o que o destino lhes traria...

*

Deleitava-lhe saber que ela lhe perdoara. Que tentara compreender, e dar um sentido à complicada viagem que ele empreendera para chegar até ali, e que acabara numa cadeia de acontecimentos com um resultado quase milagroso... Ela aceitara-o, com defeitos e tudo, algo que ele, sinceramente, nunca o julgara possível...

- Então, já te decidiste se queres que eu fique ou não? - perguntou ele depois de passar horas a fazer amor com ela...

- Acho que podes ficar, sussurrou ela...

*

Rafael sentia-se cansado de estar só, mas estar junto dela durante os
últimos dias, apenas veio mostrar-lhe o que estava a faltar-lhe...
A luz agora era etérea. O sol despontava no horizonte. Havia
chegado o momento de sermos felizes. Era justo depois de tanto
tempo de afastamento, e de ausência, de tanta dor e cansaço...
Estava mais do que na hora de descansarmos nos braços um do
outro... Era a vida a querer fazer justiça, ou Deus a escrever certo
nas linhas tortas da minha vida outra vez... Eu sei lá... Já te disse

que eu não sei nada... E, naquele momento isolado, fez-se silêncio como se o tempo tivesse parado apenas para eternizar aquele momento... A noite passou... Na manhã seguinte, no silêncio próprio que cada manhã carrega, Rafael abriu a porta de casa, como se esperasse algo, ou alguém, mas não viu nada, e voltou a fechar a porta... Fechando, devolveu a casa, e o mundo, ao silêncio...

Devagar... Muito devagar... E voltou ao seu mundo...

No seu íntimo pressentiu algo de urgente, como se Mariana estivesse a tentar entrar em contacto com ele, e não o estivesse a conseguir...

Olhou para o Céu, e disse-lhe:

Mariana, agora que partiste, a solidão tornou-se uma grande amiga.

Não me larga, acredita!... Com ela voltei ao mundo das recordações,

e já és minha outra vez... Já posso tocar-te meu amor...

Depressa caiu no sono... Nessa noite, ele sonhou com ela...

Ela apareceu-lhe e disse-lhe:

Apareci para te dizer Adeus... Ama... Com tudo o que tens, com tudo o que és... Ama... Sê livre... E deixa-me ser livre também... Ama, Rafael... Ama...

E desapareceu... E ele, subitamente, acordou... Ele não dormiu bem, e acordou exausto...

*

No dia seguinte contou a Sofia o sonho que tinha tido com Mariana.

Ela, aos poucos, se libertava, porque ele, finalmente, já amava ou, pelo menos, começava a amar alguém... Ela já podia partir em paz, porque ele já era feliz... Rafael sorriu... Mas depois, por instantes, ficaram calados... Os relâmpagos brilharam no horizonte. O som do trovão levou algum tempo a chegar, e ela sabia que a tempestade ainda estava longe. No silêncio, notou que ele a olhava com aquela sensação de a conhecer há muito tempo atrás... Talvez até de muitas vidas atrás... Talvez desde sempre... Talvez... E talvez, só talvez, essa fosse a última oportunidade que o destino lhes dava de se acertarem para sempre... Ou de se separarem para nunca mais se voltarem a encontrar.... E, se eles se separassem, seria definitivamente. E por toda a Eternidade... Caso isso viesse a acontecer, todo o Amor, todo o esforço, todas as lutas pelas quais eles haviam passado, todos os obstáculos ultrapassados, em todas as vidas que eles se haviam cruzado, teria sido tudo em vão... E ele, simplesmente, não podia deixar isso acontecer...

*

Hoje tenho conclusões. E, ironicamente, muitas poucas certezas. E respostas, quase nenhumas...

*

- Sabes meu anjo?... Tenho algo para te dizer que nunca te disse...

Quando cheguei aqui soube logo que não tinha necessidade de procurar mais...

- Porquê?...

- Porque te conheci...

- É o teu destino?...

Não respondeu... Contara-lhe toda a parte da verdade que podia. E não queria mentir-lhe... Optou por ficar em silêncio... Não compreendia bem como, mas nunca sentira tanta certeza em toda a sua vida... Amava-a como nunca amou ninguém... E beija-a...

Beijou-a com tudo o que tinha, com tudo o que queria ser... Sentiu as palavras subirem-lhe à garganta, palavras que nunca mais esperava dizer a quem quer que fosse...

- Amo-te muito...

Disse-lhe, sabendo que as suas palavras eram verdadeiras em todos os sentidos... E voltaram a fazer amor outra vez...

Aqueles momentos em que conseguiam estar sós tinham uma intensidade mais própria dos sonhos... As coisas mais vulgares podem tornar-se extraordinárias, bastando para tanto que sejam tratadas pelas pessoas certas... E ele era a pessoa certa nesse momento na sua vida. E ela era a mulher perfeita em qualquer vida que ele vivesse... E deu consigo a pensar...

Ela, simplesmente, deslumbrava-me... Deve ser por isso que a amo há já várias vidas...

Por fim, olhou no fundo dos olhos de Sofia, e disse-lhe:

- Tu bem sabes que eu te amo... O que tu não sabes é que te amo como nunca amei ninguém...

E abraçaram-se... Mergulhados no silêncio nocturno sentiram-se, por momentos, como se estivessem suspensos no Tempo e no Espaço... É assim que a pessoa se deve sentir, e estar, na hora de orar, meditar, e contemplar... É por aí que se atinge a Iluminação... Ele olha-lhe no fundo dos olhos, e diz-lhe:

- Sempre acreditei que a felicidade dos teus olhos a sorrir, podiam voltar aos meus, e perdurar intocada nos teus... E é por ter tido essa força de acreditar, que hoje estou contigo e tu comigo. Juntos. Sempre. No matter what... Ambos o sabemos porquê. E isso basta-nos. Basta-me. Bastas-me. E eu a ti... E isso é mais do que suficiente. Basta... Tenho a certeza!...

E essa certeza, que por momentos esquecera, tornava-se agora na única certeza da sua vida... Essa certeza brilhava-lhe agora no seu olhar... Tinha o olhar de quem ama, como só os anjos, as crianças, e os eternos apaixonados sabem ter...

*

Hoje passei longas horas a pensar em ti. Por fim, vi a tua imagem submergir no crepúsculo da minha melancolia. E, pensando em ti, chorei... Entre a respiração que não ouvia, e a minha Alma que já não sentia, estava o meu corpo sem força... Lembras-te de quando chovia e víamos a chuva juntos?... As minhas lágrimas lembram-me agora essa chuva, mas a tua ausência nessa manhã, torna essa manhã, e tudo na minha vida, num encontro com a tristeza... E não há lágrimas que se comparar à beleza de ver a chuva contigo aqui sentada ao meu la do... Tiraram-me o coração, e tive de aceitar que tinha de continuar a viver sem ele... Hoje não vivo; sobrevivo...

Lembras-te?...

Lembras-te de todas as coisas boas que partilhamos juntos, de tudo o que vivemos, do quanto nos amamos?... Lembras-te?... Eu nunca me esqueci... És inesquecível... Como esquecer o inesquecível?...

Simplesmente impossível... O inesquecível não se esquece; imortaliza-se... Imortaliza-se nas nossas emoções, no nosso coração, guarda-se na nossa memória, e eterniza-se na nossa Alma...

Meu Anjo, tenho algo para te confessar, que acho até que, no fundo, já sabes... Sinto que começo a amar outra pessoa... Importas-te?...

Acho que não, porque, no fundo, é o que tu querias. Sempre quiseste isso. Então porque me sinto mal com isso?... No início julguei estar a trair-te, estando com outra pessoa, mas suponho que descobri que o coração tem espaço para imenso Amor, e que não é uma traição a quem se amou, e que já partiu, se nós dermos amor a outra pessoa.

Desde que essa outra pessoa seja digna disso, claro. E ela é...

A Sofia é um anjo... Mas ainda me custa a aceitar que te perdi para sempre, e que tenho de continuar em frente sozinho...

No fundo sei o que tenho de fazer, que é exactamente seguir em frente... Preferia continuar sozinho na vida. Mas tu pedes-me que tenha alguém, e Deus espera que eu, simplesmente, siga em frente, como se nada se tivesse passado. Achas normal?... Achas possível?... Mas, a mim, ninguém me pergunta o que eu quero. Eu apenas quero amar. Mas amar a ti, e a mais ninguém. Sei que é impossível, porque já partiste e não voltas mais, mas porra, porque não posso ficar sozinho e amar-te em silêncio?... Porque tenho de ter alguém?... Até parece que é uma obrigação minha eu ter alguém de novo, e voltar a amar, só porque os outros acham que é o melhor para mim, ou porque a sociedade acha ser o mais conveniente, ou porque na Bíblia diz "que não é bom que o Homem esteja só, que não feito feito para estar só"... Eu sei disso, mas só eu sei quem eu amo, porque amo, e porque continuo fiel a esse amor, mesmo depois dessa pessoa ter partido... E também sei que - (e é isso que as pessoas parecem não perceber...) - não é porque essa pessoa partiu, que vou deixar de a amar, assim como se pudesse dar um "clic" e esquecê-la, tal como se teclasse a tecla "Delete" do teclado dum computador qualquer...

E tu bem sabes, meu Anjo, que as coisas não funcionam assim... Não quero que seja uma obrigação, ou uma falta de alternativas... Mas tudo tem o seu tempo... E agora é tempo de recolher, de chorar, de olhar para o meu Eu Interior, e ver o que precisa ser mudado. E mudar... E só depois de estar pronto para amar de novo, aí sim, abrir o meu coração ao amor de novo... Entretanto não, seria a pior coisa que eu poderia fazer ao Amor...Deixa a dor passar primeiro, para que depois da casa estar completamente limpa, o Amor possa entrar... Um dia essa dor há de passar, e aí sim, eu pensarei em ter outro alguém... Mas não agora. Não assim como estou... O que vês foi o que restou da minha dor...Quero a voltar ser o que era. Como eu era... Como sempre fui, como quero, um dia, voltar a ser... Não é justo dar o meu coração, ferido como ele está, a outra pessoa. Seria passar para essa outra pessoa, a minha dor. E não seria justo... E tu sabes que eu nunca faria isso a ninguém, sabes que, conscientemente, eu nunca magoaria ninguém, conheces-me um pouco melhor do que isso...A vida ensinou-me uma amarga lição quando partiste: a de não dar nada por adquirido... A vida arrancou-te demasiado cedo de mim. Talvez até cedo demais... Hoje tenho conclusões. Muitas conclusões. E, ironicamente, muitas poucas certezas. E respostas, quase nenhumas... E é mais do que evidente o que eu devia, e devo, fazer... Não digo esquecer-te, mas guardar-te num lugarzinho bem especial em meu coração, e deveria seguir em frente... Voltar a ser livre, voltar a amar... Mas, por enquanto, não consigo... Deixa-me chorar agora um pouco, apenas um pouco só, abraçado a essa minha dor... Por enquanto, apenas por enquanto, deixa-me estar assim...

Ainda assim, Rafael sentia uma premonição incómoda: a de que o que viera fazer ali, fosse o que fosse, ainda não acabara; que estava, de facto, apenas a começar...

*

Rafael falou com Sofia e combinaram irem juntos falar com a "tal" médium. Mas o facto é que ela morava em Lisboa. E eles estavam em Paris. Mas Rafael, subitamente, lembrou-se que tinha o número de telemóvel, e o email dela, e contactou-a e, na falta de melhor, combinaram falar num chat na net, e fariam tipo vídeo conferência.

Sofia e Rafael sentados lado a lado, os dois juntos, olhando os dois no fundo dos olhos da médium...

- Boa tarde, minha Senhora... Já lhe explicamos a nossa situação separada, e individualmente. Ela veio primeiro a si, e depois fui eu que fui ao seu encontro. Embora fossem problemas distintos, de pessoas diferentes, no fundo, o problema parecia ser o mesmo...

A mesma situação a passar-se em vidas de pessoas separadas, que nem sequer se conheciam. Pessoas essas que, duma forma isolada, e sem se conhecerem de lado nenhum, procuraram-na à procura de respostas... Fiz o que me aconselhou... Já fiz a minha parte...

Encontrei-a... E agora estou aqui, aliás nós estamos agora aqui, juntos, à procura de respostas, respostas essas que julgamos merecer, visto que já procuramos por essas respostas há já varias vidas... Seremos mesmo duas Almas Gémeas que se procuram um ao outro há já varias vidas?... Como pode ter tanta certeza?...

E nós, como podemos ter essa certeza?...

Sofia sorriu quando ouviu a palavra "nós". Ele, definitivamente a tinha incluído em sua vida... Ou, pelo menos, estava tentando...

- Olá meus amigos... Como é bom ver-vos juntos... Vejo que seguiste meu conselho, Rafael... Procuraste-a... Muito bem. Encontraste-a... Fantástico. Metade da tua Missão está cumprida... Olá Sofia... Desapareceste, rapariga... Vieste a mim uma vez, e nunca mais te vi... Que se passou minha filha?... Emigraste?... Pensaste que, saindo do país, espantavas mais facilmente os demónios que tens dentro de ti?... A viagem que tens de fazer é interior, meu anjo... Tens de descobrir o que te faz ter medo, encará-lo de frente, e enfrentá-lo... Enfrenta a tua dor, e ela desaparecerá... Como fugiste, a resposta foi até ti... Por isso Rafael foi ao teu encontro...

- Hum... Faz sentido... Só não percebo os sonhos... Como podemos ter sonhos tão parecidos?...

- Dizes isso porque não conheces a realidade da Alma. Aprendeste que és um corpo, e que esse corpo tem uma Alma. Mas tu não és um corpo com uma Alma, és uma Alma com um corpo, ou melhor, uma Alma num corpo... Quando abandonares esse corpo, habitarás outro, e outro, e outro, e todos os corpos que quiseres, nas vidas que quiseres, por toda a Eternidade... A Alma precisa experienciar todos os Estados de Espírito para poder evoluir... Às vezes, muitas vezes até, Almas que já se cruzaram noutras vidas, voltam-se a encontrar em vidas posteriores, para resolverem problemas do seu passado emocional... Daí que, muitas vezes, existem Almas que se voltam a cruzar de novo... Que é o vosso caso... E os sonhos são, exactamente, a prova disso mesmo... Dizes serem pessoas diferentes, daí afirmares que "não se conheçam"... Mas esqueceste-te dum pequeno pormenor, meu anjo... Se os olhos são a Janela da Alma, já experimentaste olhar no fundo dos olhos dele?...

Se o fizeres, verás que a tua Alma o conhece desde sempre talvez, ou, no mínimo, de há muitas vidas atrás... Enquanto olhas a sua Alma, através dos teus olhos, ele verá a tua também. Se ele sentir o mesmo, é porque são mesmo Almas Gémeas...

E ficou em silêncio... Eles olharam, instantaneamente, nos olhos um do outro... Perderam-se no horizonte, e na profundidade, do olhar um do outro... Finalmente perceberam que onde a Alma de um acabava, a do outro começava... Eles eram unos... Eles eram Um... Eles eram o próprio Todo... Eles eram o Infinito...

Aquilo a que chamam de Amor, é o que os sustentava...

Aquilo a que os Homens chamam de Deus, era o que os unia...

A "médium" apercebendo-se que já não estava ali a fazer nada, pôs-se "off line"...

*

E beijaram-se... Mas foi "místico" aquele beijo. Foi como se as suas Almas se fundissem, tornando-se numa só, uma só Entidade, um só sentimento... E amaram-se na mesma vibração... Na vibração onde habita o Amor... É lá que se encontram os Anjos... É lá que se encontra Deus... Porque achas que diz na Bíblia que Deus é Amor?... Porque o Amor é tudo o que existe... Para além dele, só existe o vazio, a escuridão, o abismo emocional... O inferno é isso. É viver longe da Luz, por isso os que lá vivem, se chamam de Filhos das Trevas. É tão simples quanto isso. As pessoas é que têm a mania de complicar tudo.

Por isso o Céu está à distância que tu quiseres... Sei que o Céu não fica aqui; é um facto. Mas também é um facto que, se viveres na Luz, o teu Céu pode começar já aqui... E disso podes ter a certeza... E no Céu vivia eu, ou melhor, vivíamos nós...

Desligamos o computador, começamo-nos a despir, e fizemos amor, de uma forma suave primeiro, entrando num ritmo, quase, selvagem depois... Estávamos, finalmente, juntos depois de tantas vidas... Mariana já podia partir. Já cumprira a sua missão... Ele iria continuar a sua... Iria aceitar, de novo, o Amor na sua vida, desta vez com Sofia como seu Anjo da Guarda... E por falar em Anjo, ao fazer amor com ela, era sempre algo transcendente, mas dessa vez foi mais forte, foi como se tivéssemos tido um orgasmo emocional... Nem sei

explicar... Foi muito forte mesmo... Foi inesquecível... O tempo parara... Ainda hoje recordo aquele momento em que o tempo ficou suspenso sobre nós... Havia um silêncio nas raízes da nossa presença... Sabe bem relembrar. Muito bem mesmo... Daquela vez foi tão forte, tão intenso e, ao mesmo tempo, tão mágico o que se passou, que a lua arregalou os olhos para acreditar no que estava vendo, e as estrelas apagaram-se por instantes, para que mais ninguém visse o que se estava a passar... Sempre foram minhas *cúmplices, as estrelas... Cada namorada que tive, eu escolhia uma estrela só para nós, e hoje, longe de todas elas, quando vejo uma noite carregada de estrelas, penso, e recordo, cada uma delas... Por isso o Céu é lindo e brilha tanto... Cada uma delas foi um Anjo na minha vida... Cada uma delas me ajudou na minha jornada... Todas elas me ajudaram nessa busca, nessa procura, nesse encontro contigo, comigo, connosco... Por isso hoje estou-lhes grato... Mesmo que, em determinadas alturas, eu não tenha sabido mostrar-lhes gratidão... Também não tinha a maturidade que tenho hoje... Hoje sou um Homem... Penso muito, falo pouco, e quando ajo, sei que estratégia usar para conseguir alcançar o que quero. Os Guerreiros são assim... Habituamo-nos ao combate de tal forma que, já entramos em cada um deles, com um "à vontade" muito nosso, próprio de quem passou uma vida a lutar e que, apesar de reconhecer as suas fragilidades, sabe que é um Guerreiro, e tem a certeza que não tem medo de nada, nem de ninguém... Porque achas que a vida de um Homem começa aos 40 anos?... Porque antes disso, ele simplesmente aprende como ser um Homem... De tal forma que ele, ao se transformar num Homem, nem dá por isso...*

Só lentamente, aos poucos, ele se apercebe que a visão que ele tem do mundo, e das pessoas em geral, hoje é um pouco diferente.

E começa a reparar que tem uma outra postura perante os problemas, e obstáculos, que a vida lhe apresenta... E hoje o meu combate é apenas aprender a deixar fluir esse Amor... Estou acostumado a combater, e não a *"deixar fluir"*, mas se é o que tenho de fazer para poder ser feliz, então, que assim seja...

*

No dia seguinte, e apesar de Sofia ter a certeza do amor de Rafael, eis que surgiu uma dúvida no coração dela, e sua Alma inquietou-se.

E ela perguntou a Rafael:

- Amor, prefiro que me digas a verdade, qualquer que seja a tua resposta, em nada mudará o que sinto por ti...

Fez uma pausa, suspirou, e finalmente perguntou-lhe:

- Ainda amas a Mariana?... Pensas nela ainda?... Libertaste-a mesmo?...

- Quando Mariana morreu, uma parte de mim morreu com ela... Levei anos a recuperar... E ainda hoje em dia custa-me muito viver sem ela... Se o nosso Amor - o meu e o dela - é só dessa vida, e teve a intensidade que teve, (e que, no fundo, ainda tem...), às vezes me pergunto que força o nosso Amor teria se, como o nosso Amor, - o teu e o meu - já viesse de várias vidas... Divago muito, eu sei. Mas que queres?... Sou assim, ou melhor, a vida tornou-me nisso assim... Fazer o quê?... Tive de aprender a viver na companhia da ausência delae, aos poucos, habituei-me a essa dor... O resto da história já sabes. Já a conheces porque, nessa parte da minha vida, já vens incluída no "pacote"...

A sua resposta revelava familiaridade com a tragédia, e a sua aceitação como um aspecto inegável na vida...

- *Podes escolher esquecer, seguir em frente, e amar...*

- *Impossível... Não tenho escolha...*

- *Há sempre uma escolha... Escolhe-te a ti, ao Amor, e a mim, e verás se o Céu não começa já aqui... Liberta-te dos fantasmas do passado. Esses não são os que contarão a tua história...*

Vive, e deixa fluir, o teu pressente. Isso é que alicerçará o teu futuro... E o teu futuro é aquilo que quiseres que ele seja...

O meu futuro és tu, o meu presente és tu, e meu passado, não só nessa, como em muitas outras vidas, foste tu...

Até quando Rafael, terei de esperar?... Até quando?...

*

Sofia não lhe dava conselhos. Em vez disso, perguntava-lhe o que ele tencionava fazer. Baseada na sua experiência com homens sabia que, na sua maioria, quando se lhes fala de um dilema, ou se lhes apresenta um problema ou, simplesmente se desabafa com eles, eles sentem-se na obrigação de emitir opiniões, mesmo quando apenas se lhes é pedido que ouçam... Mas Rafael não emitiu qualquer som... O seu silêncio confirmava-lhe o que ela não queria ter a certeza. O silêncio fazia-lhe escutar o que ela, simplesmente, não queria ouvir... Sofia finalmente percebeu o significado da célebre frase que diz que: *"Toda a Mulher é um Homem não realizado..."*

Dominar uma inocência é, pois, uma fraqueza que quer imitar a força. Não é isso mais próprio da Mulher?... E talvez por, inconscientemente, ter percebido isso, conscientemente, lhe tivesse nascido a dúvida... Ela apenas lhe perguntou:

- Até quando, Rafael?... Até quando?...

Ele nada disse e, em silêncio, partiu... Ela deixou-o partir.

Ele haveria de voltar... Ou não... Ele precisava ficar só, e em paz, para poder escolher... Cada caminho impõe-nos a sua presença imediata. Um caminho é "o" caminho em cada instante que passa... O tempo haveria de falar por ele, e pelo seu caminho, independentemente do rumo que ele tomasse...

*

Há um sítio onde quero ir... Preciso pensar. Preciso decidir... E contigo por perto, não consigo sentir a tua falta... Deixa-me respirar, deixa-me só... Pelo menos por enquanto, apenas um instante só... Apenas...

*

Rafael não gostava da pessoa em que se transformara, pois continuava preso naquele ciclo horrível de dúvidas e de culpa... Tinha dúvidas se o melhor para si, era ficar com Sofia, ou não... Sentir-se-ia culpado se o fizesse... Mas porquê?... Porquê?... Se ele era livre para amar e ser amado... Era talvez por sentir que o Espírito de Mariana não estava em paz com essa decisão, que ele pensava que ela lhe aparecia de vez em quando... Agora ele percebia o que ainda a prendia aqui... Ele ainda não a tinha libertado completamente. Ele ainda a prendia a si... Era exactamente por isso. Exactamente por saber isso, é que ele não sabia, simplesmente, o que fazer... Nessas alturas um Homem aguenta-se... E ao afastar-se, com a desculpa de precisar de espaço para pensar, era exactamente isso o que Rafael estava a fazer...

*

Fechou os seus olhos e contemplou o seu próprio desespero, e confusão, e durante um momento sentiu, quase como se fosse cego... E o pior cego é aquele que não quer ver... E ele estava sendo cego ao não ver, ou ao não querer ver, o que estava mesmo à sua frente. Ele já estava apaixonado por ela...

Inconscientemente, sabia-o... Conscientemente, estava prestes a descobrir... No fundo, bem lá no fundo, ele talvez já o soubesse, mas era-lhe muito difícil admiti-lo... No Amor nada muda verdadeiramente. No fundo, o que muda são as pessoas, e a forma como cada uma delas vê, sente, e vive o Amor... A única coisa que ele tinha de fazer, era admitir para si próprio o que queria. Era ridículo, e cruel, fazê-la passar por aquilo e, como tal, decidi, simplesmente, afastar-me... E foi o que eu acabei por fazer. Afastei-me... Se seria temporário esse meu afastamento, ou não, definitivo, ou não, eu não o sabia. Só o tempo o poderia dizer... Eu, simplesmente, já não sabia nada... Nem, muito menos, sabia, nem sequer percebia, o que estava a sentir... Nem sabia como me sentir... O que me tinha acontecido não era invulgar, pensei.Não era invulgar nos livros nem na vida. Devia haver - (tinha de haver!...) - uma maneira clássica de lidar com aquilo... Subitamente ele teve uma ideia: Ele iria ao cemitério... Mariana dir-lhe-ia o que fazer...

Acabaria definitivamente ali com essa história...

*

O amanhecer é um momento poderoso do dia. É o momento em que os ciclos recomeçam e o Universo renasce outra vez... E logo, bem cedinho pela manhã, Rafael vai ao cemitério. Ia ao túmulo de Mariana... Levava-lhe flores, e o seu eterno Amor no coração, e carregava a sua enorme ansiedade por respostas... Finalmente ele chega ao cemitério, ajoelha-se, olhou no fundo dos olhos dela - (na foto ela sorria...) - e, por alguns segundos, ficou em silêncio. Apenas lhe olhando à espera que seus lábios na foto se movessem, e ela começasse, literalmente, a falar com ele...

De súbito, levantou-se uma brisa suave, e um murmúrio vindo de muito longe, parecia pronunciar seu nome...

Rafael... Rafael...

Apercebendo-se que é Mariana, diz-lhe:

- Sim, meu Anjo...

- Ama Rafael... Sê livre... Sê feliz... E deixa-me ser livre também, para poder partir em paz....

- É o que queres, meu Anjo?...

- É o que eu quero, e o que mais preciso, que faças...

Subitamente ela materializou-se, aparecendo tal e qual ela era quando vivia na Terra... Abraçou-o... Ele quase parecia flutuar em seus braços... Beijou-o e, chorando, partiu... Subiu ao Céu, depois de Rafael prometer que, por Amor a ela, ele iria seguir em frente... E Rafael olhou o Céu, e viu o Espírito dela subir, e

ascender e, finalmente, entrar num Tubo de Luz, e desaparecer

da mesma forma que havia aparecido... Assim, de repente...

Rafael ouviu uns passos aproximarem-se... Era Sofia...

Sentiu o seu braço rodar-lhe o ombro, esticou uma mão para o

aproximar de si, e depois deixou-a cair... Ela puxou-o, e ele

deixou-a fazê-lo, tentando forçar-lhe a retribuir o abraço...

Conseguia sentir lágrimas a quererem saltar, mas

pareciam trancadas dentro dele, como se o orgulho ou a

teimosia, ou qualquer outra parte dele, não as deixasse

sair... Finalmente, deixou-se abraçar por Sofia,

sentindo-se impotente em seus braços... Chorou como

nunca chorara na vida... Aos pés do seu grande Amor,

e abraçado ao seu novo Amor, Rafael derramava, ali e

agora, toda a sua dor... Ela deixou-o chorar tudo o que

ele tinha a chorar... Na sua última lágrima, enxugou-

lhe essa lágrima, e disse-lhe:

- Agora sim, derramaste a última lágrima do princípio da tua *felicidade... Não te disse que estaria aqui à tua espera?...*

Rafael sorriu e beijou-a... Juntos deixaram as flores no túmulo e, em seguida, partiram em direcção ao horizonte... Já bem perto da linha onde o sol se põe, Sofia pára e pede a Rafael que a olhe nos olhos enquanto lhe diz algo... Ela parou, olhou-o no fundo dos olhos dele, e disse-lhe:

- 'Bora meu Anjo... Vem comigo... Vou-te mostrar onde fica o Céu... O Céu não fica aqui...

*

Mariana viu e foi para o Céu, tendo a certeza de que ele agora ficaria bem... Antes de subir ao Céu, deixou uma lágrima cair. Essa lágrima caiu no seu túmulo, fazendo nascer, automática, e instantaneamente, uma rosa branca em seu lugar... A cor da Pureza, Transparência, Clarividência, Espiritualidade, e da Luz de Deus...

*

Hoje sei o que é amar e ser amado. Conheço essa quietude.

Conheço essa tarde... Conheço essa tarde porque a vivi muitas vezes, porque muitas vezes escutei essa quietude, e essa certeza serena... Abracei Sofia e choramos... Caíram-nos lágrimas que não conseguimos, e que nem tentamos, conter. E nunca soubemos se chorávamos por nós próprios, ou um pelo outro. Talvez fosse um pouco pelas duas coisas. Talvez nunca venhamos a saber...Hoje, desse lado de cá do tempo, quero-vos dizer que sou extremamente feliz, e posso afirmar também que, apesar de todo o sofrimento, da sensação de perda, e de todas as lágrimas que derramei, valeu a pena acreditar no Amor... Vale sempre a pena acreditar no Amor... Com ela, sei que cada instante poderá ser o meu último arrependimento, mas prefiro-me arrepender do que fiz, do que aquilo que nunca fiz... E, até hoje, nunca me arrependi por ter optado em ficarmos juntos... Definitivamente, foi a melhor escolha que fiz na vida... Afinal, foi por Amor...

*

Fui lá fora, chovia a cântaros, e deixei-me estar debaixo da chuva. E chorei... Chorei de alegria, e até parece que a chuva, aos poucos, levava consigo o pouco que restava ainda da minha dor...

Ficou uns minutos lá fora vagueando no meio da tempestade. O céu tornara-se cor de carvão, e estava coberto de nuvens carregadas de chuva. O vento tornara a aumentar de intensidade, e ele sentia a chuva a picar-lhe no rosto. Não tinha importância pois, pela primeira vez, em muitos anos, ele sentia-se, verdadeiramente, livre...

*

Ela chorou. Ele também... E assim ficaram abraçados à porta de casa, à entrada do seu coração... Foi a última vez que soube deles. Até hoje o vento os levou, e nunca mais me trouxe notícias dos dois... A última vez que ouvi falar deles, já foi há uns tempos atrás... Uma andorinha contou-me que eles casaram, e que foram viver para longe... Tempos mais tarde, encontrei-os sentados na esplanada dum bar, à beira-mar, numa ilha qualquer, perdida no meio do Atlântico. Tomei o meu pequeno-almoço numa mesa mesmo ao lado da deles. Falavam sobre si, obviamente... Não consegui ouvir as palavras de nenhum dos dois... Nem quis... Aquele momento não era meu, mas sim deles... Na última vez que os vi nessa manhã, ele punha-lhe o braço à volta dos ombros, e ela encostava-se a ele, saboreando o momento...

Fim

Zeca Soares

Biobibliografia

Livros

"Essência perdida" - (Poesia - *Edição de autor*)

"Lágrimas de um poeta" - (Poesia - *Edição de autor*)

"Alma ferida" - (Poesia - *Edição de autor)*

"Ribeira Grande... Se o teu passado falasse" - (Pesquisa histórica - *Edição de autor*)

"Diário de um homem esquecido" - (Prosa - *Editora Ottoni* - São Paulo-Brasil)

"Numa Pausa do meu silêncio" - (Poesia - *Edição de autor*)

"Libertei-me por Amor" - (Romance - *Papiro Editora* - Porto, e *Amazon* - Washington)

"A Promessa" - (Romance - *Edições Speed* - Lisboa, *Edições Euedito* - Seixal e *Amazon* - E.U.A.)

"Mensagens do meu Eu Superior" - (Esotérico/Espiritual - *Amazon* – E.U.A)

"Amei-te, sabias?" - (Romance - *Amazon* - E.U.A.)

"Quase que te Amo" - (Romance - *Amazon* - E.U.A.)

"Tão perto, tão longe" - (Romance - *Amazon* - E.U.A.)

"Para Sempre" - (*"Mensagens do meu Eu Superior 2"*) - (Esotérico/Espiritual - *Amazon* - E.U.A.)

"Carpe Diem" - (*"Mensagens do meu Eu Superior 3"*) - Esotérico/Espiritual - *Amazon* - E.U.A.)

"O Escriba" - ("Autobiografia" - *Amazon* - E.U.A.)

"O Céu não fica aqui" - (Romance - *Amazon* - E.U.A.)

"Eu tive um sonho" - (Romance - *Amazon* - E.U.A.)

"O livro que nunca quis" - (Romance - *Amazon* - E.U.A.)

"Conheci um Anjo" - (Romance - *Amazon* - E.U.A.)

"Já posso partir" - (Romance - *Amazon* - E.U.A.)

Colectâneas

"Poiesis Vol X" - (*Editorial Minerva* - 57 autores)

"Poiesis Vol XI" - (*Editorial Minerva* - 67 autores)

"Verbum - Contos e Poesia" - (*Editorial Minerva* - 20 autores -

Os Melhores 20 Poetas de Portugal)

" I Antologia dos Escritores do Portal CEN" - Os melhores 40

Poetas Portugal/Brasil - *Edições LPB* - São Paulo - Brasil).

"Roda Mundo - Roda Gigante 2004" - (Os melhores 40 Poetas

do Mundo, que foram apurados do **3º Festival Mundial de**

Poesia de S. Paulo, em que Zeca Soares representa sozinho

Portugal nessa colectânea - *Editora Ottoni* e *Editora Sol*

Vermelho - SP - Brasil. Colectânea bilingue distribuída por 43

países - (os países de origem dos poetas vencedores)

"Colectânea Internacional de Poesia" intitulada **"Agenda**

Cultural Movimiento Poetas del Mundo 2015" - *(Colectânea* *trilingue - Português, Espanhol, e Inglês) - em que engloba alguns dos melhores poetas do mundo, e colectânea essa que correrá todos os países do mundo) -* **Ediciones Apostrophes** *Chile 2015*

"Tempo Mágico"- *Colectânea de Poesia e Texto Poético da Lusofonia em que engloba alguns dos melhores Poetas Portugueses -* **Sinapsis Editores (GrupoLêya)**

Concursos

- *Concurso Nacional de Pesquisa História.* Zeca Soares concorreu com o seu livro *"Ribeira Grande... Se o teu passado falasse...",* na corrida ao **Prémio Gaspar Fructuoso,** com o seu livro de 660 páginas de História da cidade da Ribeira Grande, em que arrecadou o 4° lugar)

- *Concurso Nacional de Guionismo* - (Inatel)

- *Concurso Nacional de Guionismo - "Melhor Guionista Português"* - (Lisboa)

- *Concurso Nacional de Poesia Cidade de Almada Poesia 2003* - (Almada)

- *Concurso Nacional de Poesia Manuel Maria Barbosa du Bocage* - (Setúbal)

- *Concurso Internacional de Poesia Livre* na corrida ao *Prémio Célito Medeiros* (SP - Brasil)

- *Concurso Internacional de Poesia Pablo Neruda* - (SP - Brasil - Junho 2004)

- *I Concurso Internacional de Literatura da Tapera Produções Culturais* - (SP - Brasil)

- *IX Concurso Internacional Francisco Igreja* - (SP- Brasil)

- *V Concurso Literário do Grande Livro da Sociedade dos Poetas Pensantes* - (SP-Brasil-)

- *3ºFestival Mundial de Poesia* - (SP- Brasil -Verão 2004)

- *4ºFestival Mundial de Poesia* - (Chile -Verão 2005)

- *Concurso Nacional "Meu 1º Best Seller"* com organização das *Edições ASA* - com o seu conto *"Libertei-me por Amor..."*

- ficando nos primeiros 10 finalistas entre mais de 2000 Romances de todo o país.

- *Concurso Prémio Literário Miguel Torga* - Concorreu com o romance *"A Promessa"*

- Amazon Breaktrough Novel Award 2004 - Entre mais de 10 mil Escritores de todo o Mundo, Zeca Soares passou aos quartos-de-final com o seu romance *"A Promessa"*

FOTO - LUIZ FERREIRA

Ana Carolina Pereira (*"Alice Morais"*)

Biografia

Ana Carolina Pereira nasceu a 2 de Maio de 1998, em Ponta Delgada - (S.Miguel/Açores) - e actualmente estuda na **Escola Secundária Antero de Quental**, e está a tirar o **11º ano** na área de **Humanidades**. Em Março do ano passado entrou num **Concurso de Poesia** e num **Concurso de Prosa** na referida Escola, e ganhou o **1º Lugar** em **Poesia** e o **2º Lugar** em **Prosa**. Zeca Soares leu, e adorou, o que esta tinha escrito, e desafiou-lhe a escrever um livro a meias consigo, e o resultado é esse livro que tem em mãos, caro leitor. **Ana Carolina Pereira** ingressou recentemente na **"Colectânea Internacional de Poesia"** intitulada *"Agenda Cultural Movimiento Poetas del Mundo 2015"* - (Colectânea trilingue - Português, Espanhol, e Inglês) - em que engloba alguns dos melhores poetas do mundo, e colectânea essa que correrá todos os países do mundo - *Ediciones Apostrophes Chile 2015*, e também na Colectânea *"Tempo Mágico"*- Colectânea de Poesia e Texto Poético da Lusofonia em que engloba alguns dos melhores Poetas Portugueses - *Sinapsis Editores (Grupo Lêya)*. Muito em breve, Ana Carolina, que assina sob o pseudónimo de **Alice Morai**s, lançará o seu 1º romance sozinha através da **Amazon**.

Made in the USA
Middletown, DE
16 November 2022

15062207R00106